# TS ロリ サキュバスの健全配信活動！



著：吉武止少
イラスト：たん旦

Kinetic Novels

登場人物
異世界配信MEMBERS
周 宗也（あまね そうや）
オタクな大学生として暮らしていたが、転生でサキュバスに。えっちな行為で魔力を補充する必要がある。
望田 環（もちだ たまき）
大悟の妹。兄のことを本気で嫌っていたが、あまねとの関係のために和解。配信を仕切るアイデアマンに。

クリスティナ・ゼリエール
（クリス）
異世界でも相当な実力を持つ勇者。聖教国に仕えていたが、わけあって出奔している。あまねの暴走で、何度も魔力供給することに。
望田 大悟（もちだ だいご）
あまねの後輩でオタク仲間。妹には頭が上がらない系。そのオタク知識で、異世界配信をサポートする。

# contents

三、二、一——……
「初めまして、新人サキュバスの
あまねだよー！」

「クリス。元勇者だ」

「環ですー。せーの」

「「「こんキュバス～！」」」

4545 回視聴　#ロリサキュ　#ＴＳ　#ド健全　👍0721　……

オープニングトーク

# プロローグ

「大悟ー！　起きてるかー！」

「わっ、すんません周先輩《あまね》！　ちょっと待っててほしいっす！」

朝。安アパート二階の扉をコツコツ叩くと、中から焦った声が聞こえた。

「お前がドライブいこうって言ったんだろー？」

「分かってるっす！　鍵開けるんで中で待っててほしいっす！」

鍵が開けられたので遠慮なく中に入る。そこに居たのは、口に歯ブラシを突っ込んだままズボンを履こうと格闘する痩身《そうしん》の眼鏡。大学の後輩にしてオタク仲間の望田大悟《もちだだいご》だ。

「寝坊かよー。早起きしろって言われたからおれは四時起きしたんだぞ？」

今日から、彼女いない歴＝年齢のオタクふたりでのロングドライブを敢行《かんこう》する予定なのだ。目的は埼玉の川越、秩父、久喜、和光とアニメ聖地のはしご旅行。

そのためにおれたちは先週からブルーレイ視聴会を開いたり、ネットでリサーチしたりと準備を重ねてきた。

今日だってコミケ以来の四時起きである。迎えに来るはずの大悟と連絡が取れないので、わざわざ家まで来たのだ。発起人の癖に寝坊して先輩を待たせるとはけしからん奴である。

まぁ先輩って言っても大悟が二〇歳でおれが二一歳というだけで、成績もふたりそろって中の中。ひょろっとした体格まで一緒なので、先輩・後輩というより、ちょっとした分身っぽさまである。

だからこそ気が合うんだけどな。

「ごめんなさいっす……二時半頃までリーリアちゃんの配信観ちゃったんっすよ……」

「誰だそれ」

首を傾《かし》げたおれにズボンを下げた大悟がスマホを差し出した。

そこに映っているのは緑の髪をツインテールにした美少女のアバターだ。

「これがリーリアちゃん？　ブイチューバーか？」

「です！　もう本当にてぇてぇんすよ！　美少女を眺められるだけでも最高なのに声良し！　歌ウマ！　ゲームはぽんこつ！　その上投げ銭《スパチャ》やコメントにも神対応！」

「とりあえずズボン履けよ……」

「自分が支度終えるまで観ててほしいっす！　先輩も絶対ハマるっすから！」

スマホを渡される。リーリアなる女の子は、果物を進化させてく落ちモノゲーを四苦八苦《しくはっく》しながらプレイしていた。

まぁ、確かに可愛いけど……って、エッ!?

いま投げ銭が飛んだけど五万円!?　スーパープレイでもなければ見どころっぽい盛り上がりもなかったのに!?

プレイ内容よりもポンポン飛んでいく投げ銭の方が気になってしまう。ものの数分で２０万円近くがプレゼントされる姿は圧巻だ。

この人、月収はいくらぐらいになるんだろうか……？

そんなことを考えながら慄《おのの》いていると、不意にドアがノックされた。

ちらりと洗面所に目を向ければ、大悟は顔を洗っていた。……いや、なんでズボンあげてないんだよ。優先順位バグってんだろ。

「大悟、来客」

「……ネット通販っすかね？　受け取りお願いします」

心当たりが思い浮かばないのか、首をかしげる大悟に代わってドアを開ける。

が、そこにいたのは黒猫系の配達人でも縞模様のイケメン男子でもない。

流れるような黒髪に紫のメッシュを入れた髪に、ピアスをジャラッと付けた女子高生だった。パンク系というか、バンギャというか。

不快さを隠そうともしない態度の女子高生は、おれを睨みつけた後で部屋の奥を覗き込んだ。

「……大悟は？」

「えっと、君は――」

「チッ」

エッ!?　舌打ち!?

おれ、初対面だと思うけど!?

あまりにも衝撃的な態度に固まっていると、顔を拭いた大悟が来た。

「環《たまき》っすか。どうしたっすか？」

「名前呼ぶなクソが」

「おおう……すみません、妹っす」

「妹って言うな。殺すぞ」

本当に妹ですか……？　怖すぎません……？

「連絡がつかないから、ちょっと様子見てこいって母さんが。生きてて残念」

「あははは、無事っす」

「あ、そ」

環ちゃんは興味なさそうにドアを閉じた。

後に残るのは天気のいい朝とは裏腹に、どこか気まずい空気だ。

「環がすみませんっす。おそらく先輩にも態度悪かったっすよね……？」

「いや、まぁ……仲、悪いのか？」

「何故《なぜ》か嫌われてるんすよねぇ」

「む、難しい年頃だから仕方ないな！　支度は終わったか？」

「はいっす！　さっそくいくっすよ！　今日のために王道アニソンのヘビロテコレクションを作ってきたっす！」

大悟の軽自動車に乗り込んでさっそく出発だ。

「よぉし！　楽しむぞー！」

「いくっすよ〜！　彼女がいる奴らには絶対できない弾丸旅行っす！　ざまぁみろ！」

「おれは彼女も欲しい！」

「三次元の彼女なんて面倒なだけっすよ！　至高の彼女はパソコンの中にこそいるっす！」

言わんとしていることは分かるが、なんとも同意しづらい。

「そもそもお前のパソコンはNTR《ネトラレ》とか洗脳調教とかそんなんばっかりだろ」

「現実には存在しないからこそ夢があるんすよ！　先輩こそ王道のハーレムモノばっかじゃないっすか！」

「おれはギスギスしたの嫌いだし、全員が納得して幸せになってるのが良いの！」

じゃれながらも車が走り出した。

まずは高速道路に乗って埼玉を目指す。そこから下道に降りてアニメや漫画のシーンに使われた場所を回る予定だ。

可能なら降りて、推しキャラと同じポーズで記念撮影しようと決めていた。そのためにネットの特定班が調べた元ネタ一覧も確認したし、スマホ用の三脚も買ってきてある。

驚異的な充実ぶりである。

……じゅ、充実してるから彼女持ち共が道端でイチャコラしてても悔しくなんてないもんね！

手をつなぎながら登校する高校生カップルを目撃し、テンションががくっと下がる。

「はぁ……おれもエロゲの主人公みたいになりたかった」

「最後は首ちょんぱでスクールバッグの中に入る系のとかどうっすか？」

「何でそれチョイスした？　うらやましがる理由あると思うか？」

「ですよねぇ……先輩が好きなのはかっこいい系の女の子っすもんね。クーデレとか」

「馬鹿、おれは女の子に貴賤はつけません！　クーデレは優勝だが、小悪魔系も天然系もロリ系もお姉さん系もイケるし、方言女子にケモミミ、アンドロイドなんでもござれだ！」

「あー……業《ごう》が深いっす」

「そういう大悟は？」

「清楚系一択っすね。今まで男性とは手を握ったことすらないような女の子に、積極的にアタックされたいっす。顔を真っ赤にしながら誘惑してきてくれたら最高っす」

「お前も充分、業が深いと思うぞ……？」

高速道路に入り、車が加速していく。ご機嫌な音楽も相まってテンションは再び急上昇だ。

勇気が爆発しているロボットが主人公を口説こうとするBLロボットアニメの主題歌をふたりで熱唱しながら目的地へと進んでいく。

大悟は免許を取ってからそれほど長いわけじゃないが、ハンドルを握っても性格が変わるわけじゃないし、元々怒りとか憎しみとは無縁の男だ。

安全運転なので安心して乗っていられる。

——だから、思ってもいなかった。

巻き込まれる形で事故に遭うなんて。

「ッ!?　大悟、前っ――」

「うわっ!?　先輩、掴《つか》まって――」

高速道路の、本来ならば出口に当たる部分から逆走してきた車が、まっすぐおれたちに向かってきた。

フルスモークのフロントガラスで運転手は見えないが、年代モノっぽいセダンなのでおそらくお爺ちゃんだろう。

爺ちゃんと言えば俺が小学校の頃、旅行で――いやこんなこと考えてる場合じゃない。

婆ちゃんのことを考えよう――ってそれも違う！

ハンドルを切ったことでスピンする車の中、完全にパニックになったおれが見た最後の景色は、助手席にいるおれに向かって、ノーブレーキのセダンが突っ込んでくるところだった。

衝撃。

熱。

痛み。

不快感。

寒さ。

どっちが上で、どっちが下なのかすら分からない状況だ。

目は開かないのでどうなってるかは分からない。焦げ臭い匂《にお》いが鼻をついた。

——だいご。

呼びかけたつもりだったが、口からごぽりと熱いものが溢《あふ》れだした。
鉄錆《てつさび》の味。
血だ。
口から溢れた血は焼けるように熱いのに、身体はどんどん寒くなっていく。

——あ、おれ、死ぬんだ。

他人事のようにその結論に行きつくと同時、心の中に津波のような後悔が押し寄せた。
やりたいこと。
やっておくべきだったこと。
未来のこと。
楽しみにしていたこと。
とりとめもなく断片的な思考が溢れ、おれの意識を押し流していく。

行きつく先は全てを塗りつぶすような深い闇の底だった。

大学三年生の春。

こうして周《あまね》宗也《そうや》という人間は命を落とした。

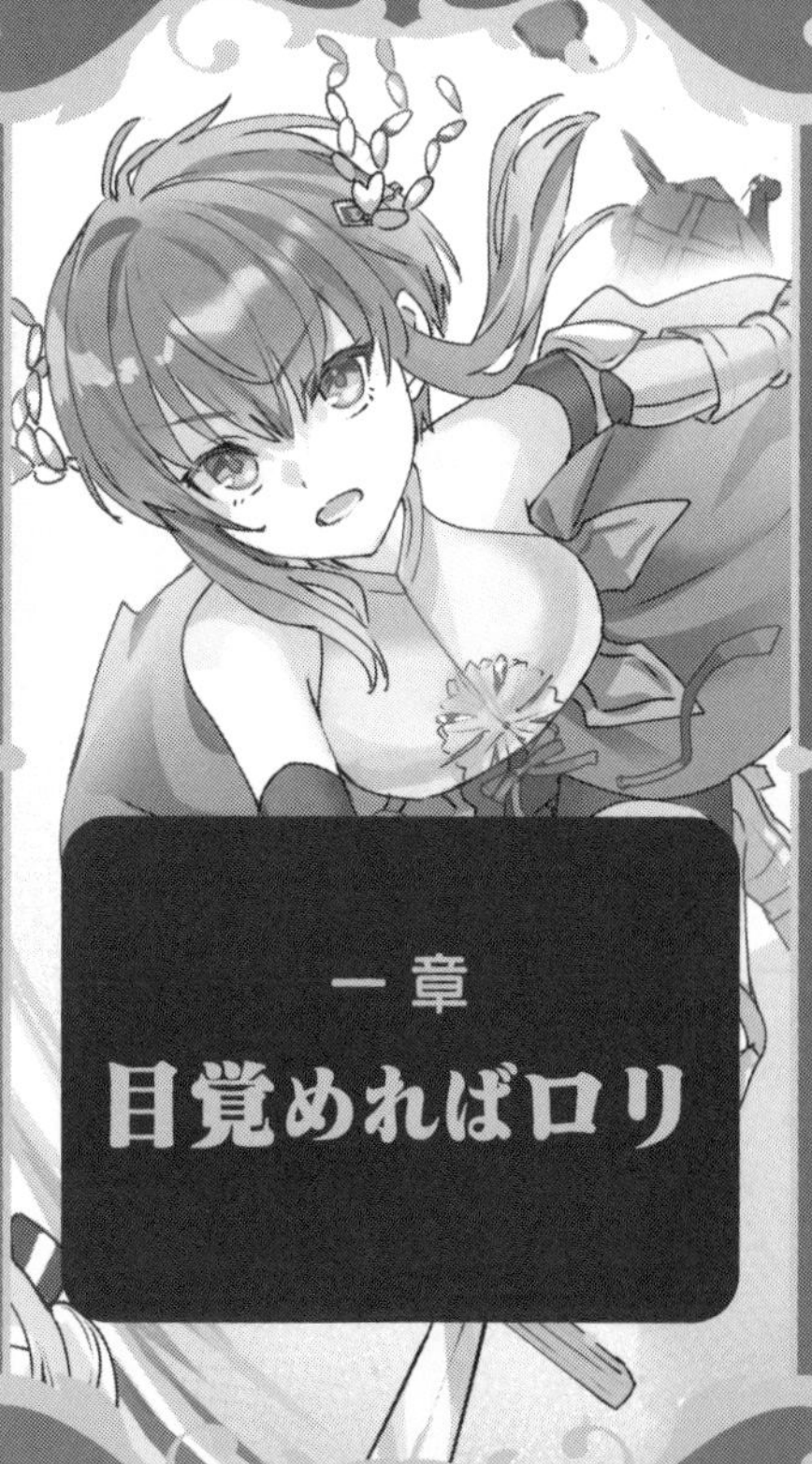

# 一章
# 目覚めればロリ

おもりが外れるような感覚。意識が急速に浮かび上がって目を開けると、草原が目に入った。

右手側は森。人の手が入っていないであろう木々が鬱蒼《うっそう》と茂《しげ》っている。

左手側は畦道《あぜみち》が伸び、それを辿《たど》ると遠くに黒煙を上げる城壁付きの都市が見えた。

ドォン、ドォン、と地面を揺らすような音が響く。

城壁に火の手が見えたり、雷が落ちたりしていた。

「……なんだこれ」

映画のセットか、そうでなければ海外か。いずれにしろ、今さっき自動車事故にあった人間がいるような場所じゃないだろ……って、アレ？

「あー？　れー？」

声が高い。

やや幼さを感じるような、甘い声がした。

自らの手をみれば、二一年間付き合ってきたのとは似ても似つかないつややかで小さな手。形の整った爪にきめの細かい肌はまるでタレントみたいだ。

さらには、俯《うつむ》いた加減でばさりと落ちてきた髪の毛は、月光みたいな銀髪だった。

頭の中にハテナがいっぱい浮かぶ。

手足が小さく……髪の毛も銀に……。

「事故の後遺症……ってそうだよ！　事故！　ケガは!?　大悟は？」

あわてて身体をまさぐれば、あるはずのものがないばかりか、あってはいけないものがあった。

「な、なななななななっ!?」

驚きと恐怖で手が勝手に震える。その震えはわし掴みにしたそれに伝わり、確かな感触と柔らかさで揺れる。

胸部についた、ふたつの確かな膨らみに。

「女の子になってるぅぅぅぅぅぅぅぅぅ!?」

当然ながら、二一年間を共にしてきた妖刀ムラマサ（未使用）はどこをどう探しても見当たらない。事故で取れちゃって現在別の場所で組み立て中とかだったらいいんだけど、おれの身体はそんなプラモデルみたいな構造してない。

「はぁ……何でだ……一体何があったってんだよ」

自分の胸をわしわし揉みながら嘆息《たんそく》する。いやだって柔らかいし気持ちいいんだよ。この機を逃したら永遠に触《さわ》れない可能性だってあるわけだし今のうちに揉み溜めしとかないと。

胸を揉みまくりながら辺りを眺めているとき、偶然にも水溜まりを発見することができた。それを鏡代わりにおれの姿を確認する。

年齢はおそらく一二、三歳。ランドセルか、ぶかぶかの制服が似合いそうな年頃である。

月光のような銀にアメジストを溶かし入れた色合いの銀髪。くりんとした目はそのままアメジストのような深みのある紫。おまけに肌は透けるような白――幼さが残りながらも将来的には絶世の美女に成長することを確信させるような端正《たんせい》な顔立ちだった。

スタイルだってこの歳にしては良い。揉みまくれるくらい胸もあるし、すべすべぷにぷにの太ももにぷりんとしたお尻はもはや国宝レベルだろう。

問題点が一つあるとすれば……おそらくだけどそもそもおれは人間じゃない。

というのも、こめかみ辺りにはひつじみたいな巻角《まきづの》が生えていたし、背中にはちっちゃな羽根《はね》が生えていたのだ。それもコウモリとか悪魔みたいな感じのだ。

オマケにぷりっとした小さなお尻からは尻尾《しっぽ》まで生えていた。黒くて細いそれは尖端《せんたん》がハート形になっていて、どう考えてもアレだ。

「サキュバス……だよなぁ」

漢字で書くなら雌淫魔。伝説や伝承に出てくる、人を誘惑してエッッッなことをする悪魔だ。

おれも大悟も――否、男子のほぼ全てがわりと好きなキャラだろう。異論は認める。

ってそうだよ大悟！　アイツは無事なのか!?

無事だと良いんだけど、確かめる方法はない。アイツも異世界に来てたら面白いかもしれないが、鼻の下を限界まで伸ばして「先輩、胸揉ませてほしいっす！　後生《ごしょう》っす！」とか言ってきそうだからな……。

うん、とりあえず無事だと思い込むことにしよう。

気を取り直して、暫定《ざんてい》おれが転生した種族であるサキュバスについて考える。

漫画やゲームでもキャラクターの種族として出てくることが多い。大抵は魔法が得意な種族で、魅了とか混乱、あるいは回復なんかの補助系の魔法を使いこなすキャラだ。

ちなみにラブコメ展開やR18展開も得意な万能選手である。

オープンな感じで近づいてくるも良し、奥手で真面目なのに種族特性で思い悩むも良し！

ナイスバディでも、つるぺたでも良い。

つまるところ、サキュバスには無限の可能性が詰まっているのだ。

「なんだけども」

それはヒロインがサキュバスだった場合だ。

自分がサキュバスになった、となれば話は別である。

「あー……これどうなってるんだ……？」

サキュバスになった直後で、状況的にはまったく理解できない。

が、おれの中には何故かサキュバスに関する知識がある。本能的なものだろうか、ちょっとした魔法の使い方も分かるし、生きていくために必要な知識もちゃんと存在していた。

「魔力から発生する、両親無しの種族か」

生まれながらにしてある程度成長した姿で、そこから変化することはほとんどない。

食事は嗜好品《しこうひん》的な立ち位置で、多少は魔力を回復できるけれど、別に取らなくても問題はない。

メインの栄養補給は――

「誰かとそういうことを・・・・・・致《いた》して得た快感、か……？」

自分の快感だけでなく、相手の快感も魔力になるあたりしっかりファンタジーだが……駄目だ。

男相手だとキスとか手をつなぐとか、そんなことを想像しただけでも鳥肌が止まらない。

生きるために男とそういうことをしないといけないなんて地獄にも……いや、ちょっと待てよ。

本能的な感覚から、何かを閃《ひらめ》きそうな気がした。

けれどそれが形になる前に、おれの思考はあっさりと止められた。現れたのは抜き身の剣をぶら下げた男三人組。錆《さび》の浮いた剣に歪《ゆが》んだ兜や鎧を纏《まと》っていた。

「こんなとこに女がいるたぁ驚きだ……ガキだが上玉じゃねぇか」

「ヒヒっ、戦場じゃご無沙汰《ぶさた》だったんだ。相手してもらおうぜ」

「奴隷屋に売って金にしてぇ。遊んでも良いけど壊すような真似はすんなよ」

使用感のある装備にむわっと鼻につく嫌な匂いは、どう考えても偽物には見えなかった。

「へへ、怖がるなよ。俺たちが都市を守ってたんだぜ」

「俺たち奴隷を壁にして、の間違いだろ？」

「どっちでも良いさ。お礼にサービスの一つや二つしてもらえりゃ充分だぜ」

垢塗《あかまみ》れの汚い手が伸ばされる——そこに浮かんでいるのは加虐的《かぎゃくてき》な笑み。そして、分かりやすく膨らませた股間《こかん》。

「ひっ、あっ……！」

逃げなければ。そう思ったけれど脚がもつれて尻もちをついてしまった。

逃れようと後ずさるけれど、恐怖にこわばった身体はまともに動いてくれない。

野盗か、言葉尻からすると奴隷か。どちらにしろ暴力を厭《いと》わないこいつらがとてつもなく怖かった。

「怖がるなよぉ。チョイと我慢してりゃ終わるんだ」

「気付いた時には奴隷になってるだろうけどなぁ」

「娼館《しょうかん》奴隷のハジメテって考えると教え甲斐もあるってもんよ」

捨てるように服を脱ぎ、おれに迫る男たち。

「く、くるなぁ……！」

怒鳴ってやりたかったけれど、おれの口から漏れたのはか細い鳴き声だけだった。

これからおれの身に起こるであろう出来事が脳裏をよぎり、身を丸めてうずくまる。

恐怖。

嫌悪。

この二つだけがおれの心の中を塗り潰していた。

だが、いつまで経っても最悪の未来は訪れなかった。

恐る恐る目を開けると、おれを庇うように女の子が立っていた。

肩口で揃えられたショートボブはワインのような深い紅。華奢な四肢を包むのは赤を基調とした

ドレスアーマーで、白魚のような指で握るのは薄っすらと輝きを放つ細剣《レイピア》だ。

女子高生くらいだろうか。子供というには大人びていて、でも大人というには幼さの残る雰囲気の少女だった。気だるげな、どこか冷めた視線だけが年齢にそぐわない。

「……逃げるだけなら見逃したけど、人を襲うなら死んで」

少女は冷徹な言葉を放つと同時、あっけに取られていた奴隷に向けて細剣《レイピア》を振るう。

——どちゃり。

やけに水っぽい音が響き、男三人は倒れた。血だまりが広がる。

「なっ!?　何で殺して——!?」

「逃亡奴隷はどうせ死罪。ましてや人を襲えば——」

振り向いた少女は、おれを見て目を細めた。

「……サキュバスか……気付かなかった」

「ままま、待って！　おれサキュバスだけど本当はサキュバスじゃなくて！」

きゅっと細剣《レイピア》を握りしめる少女に慌てて命乞《いのちご》いする。

今さっき男三人を斬ったのだ。おれのことだって容赦なんてしないだろう。

そう思って身を固くすると同時、少女はどさりと覆いかぶさってきた。

「あっ、えっ……？」

「……くっ」

呻く少女。驚いて彼女を見れば、その背中には無数の矢が刺さっていた。

「なっ……何で⁉」

少女は答えない。ただでさえ白かった肌は血の気が引いて真っ青。ドレスアーマーの布のところはぐっしょりと血で濡《ぬ》れていた。

は、と短く浅い呼吸をする少女には、もう幾ばくも猶予《ゆうよ》はないように見えた。

「た、助けないと――――！」

身体の奥底に渦巻くものに手を掛ける。

何でおれが異世界にいるのか全く分からない。

それどころか、サキュバスになった理由だって分からないし、自分の性質やら特徴だって何にも理解していない。

だけど。

サキュバスの本能なのだろう。魔法の使い方と魔力の操作方法は、自然と脳裏に浮かび上がってきた。

「癒風《ヒール》！」

体内の魔力が渦巻き、紫銀《しぎん》の輝きになって弾けた。

少女の身体に吸い込まれるが、少女の傷が深すぎるのか、おれの魔法がへっぽこなのか。

どう考えても足りなかった。

身体の奥底から魔力を絞《しぼ》る。

「癒風《ヒール》！　癒風《ヒール》！　癒風《ヒール》！　癒風《ヒール》……ぐっ……！」

身体から抜ける紫銀の魔力が目に見えて減った。頭がガンガンする。気持ち悪い。

魔力が足りない……！

とっさに、おれにもたれかかったままの女の子を抱き寄せた。

サキュバスは誰かとそういうことをして魔力を得る種族なのだ。

そう、誰かと――……つまり女の子でも大丈夫なのだ。

女の子の首筋に顔を寄せて匂いを嗅《か》ぐ。甘やかな香りが鼻腔《びくう》をくすぐり、下腹の辺りから魔力がじわりと滲《にじ》む。

「癒風《ヒール》……！」

そのままほっそりした首筋を舐める。意識のない女の子が小さくうめき、おれの身体に魔力が生まれる。

「癒風《ヒール》……ッ！」

彼女の身体を抱きしめる。鎧に包まれた身体は華奢《きゃしゃ》で、とてもじゃないが戦えるようには思えなかった。柔らかな感触を受けて魔力が溢れてきた。

ぷにっとした艶やかな唇に自分の口をあてがう。こじ開けるように舌を差し込み、意識のない女の子の口の中を蹂躙《じゅうりん》する。これまでとは比べ物にならないほどの魔力におれの身体が満たされていく。

「癒風《ヒール》！　癒風《ヒール》！　癒風《ヒール》！　癒風《ヒール》ッ！」

回復するそばから魔力が抜けていき、頭痛が酷くなる。船に揺られている時みたいに方向感覚が覚束《おぼつか》なくなり、狭まった視界が黒に塗り潰された。

「……もう良い」

恥じらうような、ちょっと怒ったような、そんな声が聞こえ、おれは意識を手放した。

♀　♡　♀　♡　♀

目覚めると、すぐそばに俺が助けた女の子の顔があった。どうやらおれの魔力を回復させるために抱きしめてくれていたらしい。

息を呑《の》むくらいきれいな子だ。アイドルや芸能人なんて目じゃない。

びっくりするくらい長いまつ毛に張りのある肌。

ぷるんとした唇は桜色で、くっきりした目鼻立ちと相まって美の女神と言われれば納得してしまうくらいの美人さんだった。

「あっ、えーと、おれは……？」

「魔力切れ。サキュバスが魔力切れなんて笑い話にもならないわよ」

呆れたような視線を向ける女の子だけど、おれを抱きかかえて大きな木を背もたれに座り込んでいた。

「起きたなら離れて」

白魚《しらうお》のような手がおれの胸に添えられていて、代わりに女の子の胸におれの顔が押しあてられていた。柔らかく張りのある弾力と頭をくすぐるような良い匂いに包まれて魔力がどんどん発生する。生きているって感じだ。

「看病してくれたのか。ありがとう」

「お互い様。あなた、何で私を助けたの？」

まるで咎めるような訊《たず》ね方だった。あ、そうだ！　傷！　背中の傷！

おれが慌てて背中を見れば、鎧には大きな穴がぽっかりと開いていた。そこから覗く素肌には傷一つない。本来なら服に隠れて見えないところが見えてるという事実だけで魔力が沸《わ》き立つ。

「良かった……治せてたんだ」

「ええ。あなたはサキュバスで私は勇者よ。もう一度聞くけど、どうして助けたの？」

「ゆう、しゃ……？」

「クリスティナ・ゼリエール。ゼリエール聖教国《せいきょうこく》の認定勇者よ」

「あ、おれはアマネ・ソウヤ」

「……個体名があるの……？」

「なんていうか、その、信じてもらえないかも知れないけど」

前世、違う世界で男だったことから、気付いたらこの近辺でサキュバスになっていたことをまでをかいつまんで話した。

ぽかんとしてたのでどこまで分かってもらえたかは分からないけれど、おれだって理解できないんだから当たり前だ。

「回復魔法とか、魔力を発生させる方法は本能的に知ってたんだよね」

「そう……一応聞くけれど、何年くらい生きてるのかしら？」

質問の意図が分からず眉を寄せてしまうが、とりあえずは素直に答える。

「えっと、転生したから……一日？　あっ、でも元の世界では二〇年くらい生きてたよ。クリスティナさんは？」

「一七よ。……二〇年やそこらなら、名付き《ネームド》でないわね」

「ネームド？」

訊ねてみたけれど、答える気はないらしくひらひらと手を振り、それから目を閉じてしまった。

血の気は戻っている。おそらくは疲れだろう。

白磁《はくじ》のような肌に整った鼻梁《びりょう》は、まるで彫刻のような美しさだ。小さな呼吸音だけが彼女――クリスティナさんが人間であることを示していた。

「……まつ毛、なっが」

思わず呟くと、すぅっと目が開いた。深紅の瞳に浮かんでいるのは不機嫌さだ。

「とりあえず、信じる」

「エッ」

「あなたがテンセイ？　とかいうのをした、生まれたばかりの個体だということ」

どうやら転生という概念そのものが一般的ではないらしく、クリスティナさんは何とも言えない表情をしている。

元は仏教用語だっけ？　おれもラノベで触れていなかったらもっと困惑してたと思う。

いや女の子になったことには現在進行形で困惑してるけどね!?

「何で信じてくれるの？」

「さっき名乗った通り、私は認定勇者よ？　魔族にとっては仇敵。無防備を装って目をつぶったのに殺そうとも逃げようともしなかった」

「殺すって……そんなことするわけないだろ？」

「そうね。あなたが何もしなくてもどうせ死ぬもの」

「エッ!?　き、傷は治したはず！　まだどっか悪い!?　どこか痛いのか!?」

思わず追いすがると、クリスティナさんは唇を尖らせた。

「鬱陶《うっとう》しいから来ないで」

「でも怪我してるなら――」

「違う」

言いながら、背中の穴を指さす。おれが治療するまで矢が刺さっていた場所だ。

「裏切られた……私を殺すのは、人族」

「何で!?　ゆ、勇者なんだろ!?　世界を救う選ばれし者じゃないのか!?」

「何の話？　認定勇者はそんな特別な存在じゃないわ」

クリスティナさんのいた国は宗教国家らしい。魔族を悪とする教義を唱え、戦争においても魔族の絶滅を唱える過激派だ。

他国も巻き込んでいるが、戦争で先陣を切るための旗頭《はたがしら》が要《い》る。

「それが勇者。孤児の中から適性がある者に訓練を施し、戦争のプロパガンダにするの」

勇者のみに伝わる魔法〝空間転移〟への適性。

高い戦闘能力。

そして、補助魔法や回復魔法が使えないこと。

「役割分担かと思ったけど、処分しやすいように、だったわね」

「な、何だよソレ！」

「それが勇者ってシステムよ……私は活躍しすぎた。私の意見で国に刃を向ける者が出てしまうようでは、プロパガンダとしては使い物にならなかったのね」

……処分？　システム？　使い物にならない？

たった一七やそこらの女の子……日本ならまだ高校生だぞ？　学校でダルそうに授業受けて、友達と馬鹿笑いして、映画やドラマでガチ泣きするような年齢だ。

「私が生きていては都合が悪い奴らが多い。追手が放たれ続ければ、いつかは死ぬでしょうね」

そういう意味で人族に殺されると言っていたらしい。

「に、逃げよう！　まともに相手することなんてない！」

「逃げる……？　どこに？　どこまで！　いつまで逃げたら私の身の安全は保証される日が来るの!?」

クリスティナさんはおれの胸ぐらを掴み、睨《にら》みつけた。

「それとも、いつ来るか分からない暗殺者に怯えて一生頭を低くして生きろっていうの!?　私を裏切った奴らがのうのうと生きてるのに！」

指が真っ白になるほどに力が入っていた。深紅の瞳には全てを焼き尽くすような怒りが浮かんでいた。そして、その瞳から頬に、一筋の悲しみが伝っていた。

「私は何があってもあいつらを殺す……私の安寧《あんねい》があるとすれば、それは奴らの死体を並べた向こうだけよ……！」

宣言したクリスティナさんは、ぐらりと身体を揺らした。慌てて抱き留めると、妙に熱くて、汗が滲んでいた。慌てるおれをクリスティナさんが押し返した。

「……ただの毒」

「……ッ！」

「私の死がどれほど願われているか、分かったで――……待って。なんであなたが泣くのよ」

「だって……！　おかしいじゃんか！　クリスティナさんがそんな目に遭《あ》うなんて、絶対におかしい！」

目から零れる涙が止まらなかった。

恋愛とかオシャレとか流行とか、そんなのに一喜一憂《いっきいちゆう》して、バイトのシフトみて溜息ついたり、先輩とか先生の愚痴《ぐち》言いながらスタバでお茶してけらけら笑ったり。

将来の不安なんて誰でも持ってる程度のもので、でもそこまで悪くならないって信じられて。必死で勉強したり、時々サボッちゃって模試《もし》の結果見て落ち込んだりして。

おれが知ってる高校生ってそんなもんだ。

それが何で命の心配をしなきゃいけない？

どうして当たり前のはずの明日すら望めなくなっちゃうんだよ。

「クリスでいい」

「エッ」

「本名を呼ばれるのは都合が悪いから」

「アッ、ハイ」

女の子に愛称呼びを許されるという事実にびっくりしすぎて、涙も言葉も引っ込んじゃった。しょうがないだろ、生まれた時から女の子とは無縁の生活だったんだから！

彼女作ろうと思ったら紙粘土《かみねんど》かレジン使わないといけないレベルなんだぞ！

「はぁ……調子狂う」

立ち上がり、ふらりとした足取りでどこかに向かおうとしたので、慌てて手を引いた。相当具合が悪いんだろう、ロリ化したおれが引いただけでクリスは簡単にバランスを崩した。

頑張って抱き留めようとしたけど力が足りず、そのままゆっくりクリスの下敷きになってしまう。

小さいけど確かな張りのあるお尻に潰されるなら本望……！

「ぐぇっ」

「何するのよ。私は謝らないから」

「わ、分かってるけど……まだ具合悪いんだから無理しちゃダメだって」

「あなた……あまねって言ったかしら。サキュバスなんでしょ？　解毒《げどく》や解呪《かいじゅ》は？」

「……あ、あはははは」

「自然治癒を待つしかない、か」

「それまでどうするつもり？」

「獣を狩って潜伏する。……治ったらすぐ殺しにいく」

本気の目をしたクリスは、抜き身の刃物みたいな危うさがあった。

「ま、待って！」

「何？　復讐は何も生まないだとか、石ころより役に立たないこと言うつもりじゃないでしょうね？」

うぐっ!?

完全に図星を突かれて口ごもる。

あ、まずい！　クリスの視線が冷たくなってく！

「ほ、ほら！　ここでクリスがいなくなったらおれは独りぼっちじゃん!?」

「私には関係な――」

「た、助けてあげたし！　大怪我してたし、おれがいなかったら復讐どころじゃなかったと思うよ！」

「…………続けて」

「さっきも言った通り、サキュバスになったばっかりで何も分からないからこの世界の常識とか魔法とか、そういうのを教えてほしいんだけど」

おれの要求を聞き、口をへの字にして小さく唸《うな》るクリス。

そんな仕草ですら思わずどきっとするほど可愛いのだからほんと、とんでもない美人だ。

「私が全快《ぜんかい》するまでなら」

こうしておれはクリスとともに世界を見て回ることになった。できればこの間に説得したい。

「……最期《さいご》にサキュバスなんかの世話をすることになるとはね」

「は、はは……よろしくお願いします」

本人は望んでないかもしれないし、分からないけど、日本ならまだ子供だ。

復讐なんかに命を掛けてほしくはなかった。

♀　♡　♀　♡　♀

鬱蒼とした森を歩くのは大変だ。

おれは慣れてないしクリスは毒の影響でふらふらだ。それでも細剣《レイピア》でささっと藪《やぶ》を払ったり、寄ってきた動物なんかを撃退できたりするのだから勇者ってのは本当にとんでもない存在だ。

シュバっと細剣《レイピア》を振るうだけで動物が倒れるのだ。ゲームや漫画の主人公みたいでめちゃくちゃかっこ良かった。

さすがに熊をやっつけた後はへたりこんでいたけれど、そもそも女子高生が熊に勝てている時点で異常だ。

短距離転移、というのか。炎で目くらましをした直後に熊の背後に回り、首を一撃で落とす姿はさしずめアクション映画のスターだ。

ちなみにクリスは勇者の秘伝である転移魔法の他に炎系の魔法が得意らしい。

「適性は炎がメインで、風も多少は使えるわよ」

「ふむふむ。ちなみにサキュバスは？」

「基本的に魔法全般が得意だと思うけど……練習したら？」

「うーん……とっかかりがなぁ……」

言いながら、なんとなくの真似でクリスの出していた炎をイメージしてみる。

なんかこう、魔力をぐわっとして、ぎゅーっとして、ボンって……。


――ボッ!!


「おわっ!?」

手のひらから炎が吹きあがった。中華料理屋の強火みたいな炎に、前髪がちょっと焦げた気がする。

慌てて手を振って炎を消し、もう一度出してみる。今度は弱火のイメージだ。

「おっ、出来たっ！」

「……」

「えーと……クリスさん？　なんで睨んでるんですか？」

「そこまで気軽にやられるとちょっとムカつく」

「エッ」

「私は習得するのにひと月かかった」

そんなこと言われましても。

一応、おれは回復魔法とかそのまま使えたわけだし、種族的な適性とか転生特典《てんせいとくてん》的なチートとかがプラスされればこうなってもおかしくは……ないよな？

この分だとクリスが使ってた転移魔法とかも何となく使えそうなのは言わない方が良さそうだ。理不尽に怒られる未来しか見えない。

「魔力操作ができるなら、人間のふりしたら？」

「およ？　人間のふり……？」

いわく、魔力操作に長けたサキュバス族は自身の魔力を隠して街中に潜伏していることも多いらしい。

「真正面からなら大したことはない魔物だけど、過去には搦《から》め手で街を滅ぼしたこともあったはず」

権力者を色欲《しきよく》に溺れさせて……なんていうリアル傾国《けいこく》の美女ができるらしい。頭の巻角《まきづの》や背中の羽根、お尻の尻尾なんかは隠して人間のふりをしているのが一般的なんだとか。

隠す……隠す……隠す……。

ぽふん。

間抜けな音とともになぜか白煙があがり、おれの見た目がすっかり普通の人間になった。

尻尾も羽根も、角もなし。どこからどう見ても普通のロリっ子だ。

「おお？　なんか出来た！」

「……納得いかない」

いや、だからそんなこと言われましても。っていうかやれって言ったのはクリスじゃんか！

どうしろって言うんだよーと思いながらも森を進んでいく。

「……止まって」

クリスに声を掛けられたので周囲を窺《うかが》えば、茂みから鹿が出てきた。

ただし、おれの知っている鹿は角が剣みたいに尖ってないし身体にパチパチと電気をまとっていることもない。

十中八九、モンスターだろう。

どうする、とクリスを見れば、盛大に顔をしかめて細剣《レイピア》を構えた。

「……剣鹿《ソード・ディア》の特殊個体ね……こんな時に」

「まずいの？」

「普段なら大したことない」

つまり、今は問題あるってことか。おそらくは毒の影響が抜けきってないんだろう。

「な、何かできることは？」

「ない。下がってて」

クリスの言葉とほぼ同時、剣鹿《ソード・ディア》がおれたちに突撃してきた。慌てて避ける。

バヂンッ！

空気を引っ叩くような音がしておれたちのすぐ後ろにあった樹木が爆《は》ぜた。幹がえぐれるように消えて、めりめりと音を立てながら折れて倒れる。

当たっていたらひとたまりもないであろう威力に腰を抜かしていると、脇に避けていたクリスが走り込んできた。

その身に紅蓮《ぐれん》の魔力をまとったクリスは、疾風のような速度で剣鹿《ソード・ディア》の首筋を斬り裂いた。

傷口から炎があがり、剣鹿《ソード・ディア》がキュウウと鋭い悲鳴をあげる。バチバチと四方に雷撃を飛ばしながら剣鹿《ソード・ディア》は暴れた。

「浅いか……っ！」

「あっ、まず――」

鋭い角がおれへと振り下ろされる。腰を抜かしていたおれは避けることはおろか、動くことすらできなかった。

「空間転移ッ！　……くぅっ！」

クリスがおれの眼前に現れ、剣鹿《ソード・ディア》の一撃を細剣《レイピア》で受け止める。

剣がたわみ、クリスがぎりりと歯を食いしばる。

「クリスっ！」

「はやく逃げて」

「でも――」

「いいから」

眼前で火柱を作って鹿の視界を遮《さえぎ》ると同時、おれを抱きかかえるように跳んだ。その身体は汗に濡れている。

は、と短い呼吸をくりかえすクリスは見て分かるほどに顔色が悪くなっていた。

毒のせいか、魔力の使いすぎか。

どちらにしろ、おれを助けるために無理をしたことには違いなかった。

「クリス！」

「……次で決める。回復魔法おねがい」

クリスはおれに視線を向けることすらなく立ち上がった。

じわりと紅蓮の魔力が滲み、細剣《レイピア》を包み込んでいく。怒りのこもった嘶《いなな》きとともに突撃してきた剣鹿《ソード・ディア》に、炎をまとった刺突が放たれる。

無駄が一切ない動きは、むしろスローモーションにすら見えた。

炎の切っ先は左目を貫き、そのまま剣鹿《ソード・ディア》の頭蓋《ずがい》を焼いた。どうっと倒れ、剣鹿《ソード・ディア》は動かなくなる。

それを見届けたクリスも同じく崩れ落ちた。

「く、クリス！　癒風《ヒール》！」

抱き上げて回復魔法を放つ。水が染み込むようにして紫銀の魔力がクリスへと溶け消える。

クソ！

なんでこんな無茶したんだよ！

おれのことなんて興味ないみたいな態度だったのに！

「癒風《ヒール》！　癒風《ヒール》！　癒風《ヒール》！　癒風《ヒール》！」

いつぞやと同じく魔法を連打する。魔力が足りなくなるのでクリスの身体を抱きしめ、舌を這わせ、手を伸ばしているけれど、非常事態だから許してほしい。

「癒風《ヒール》！　癒風《ヒール》！　癒風《ヒール》！　癒――」

「もういい。大丈夫」

ぐい、とおれの身体が押された。

「大丈夫な訳ないだろ！　顔色だって真っ青だし、汗だってすごいよ！」

「このくらい、勇者なら日常茶飯事だ」

「そもそも何でおれを助けたんだよ！　おれは魔族なんだろ!?」

「勝手に体が動いただけ」

クリスはふらふらによろけながらも細剣《レイピア》を鞘にしまい、近くの樹木にもたれながら立ち上がる。

荒い呼吸のままだけれど、これ以上おれに何かをしてもらうつもりはなさそうだ。

……これが、普通なのか。

具体的な活動内容は知らない。でも、勇者の活動がどれだけ過酷なものなのか。その一端が見えた気がした。

「せめて少し休もうよ！　今のままじゃ倒れるって！」

「平気」

「平気じゃないだろ!?」

「……はやくアイツらを殺しに行かないと」

炎よりも昏《くら》い感情に燃えた瞳に睨まれた。

「ご、ご飯にしようよ！　ほら丁度、鹿もあるし、おれもお腹減ったから！」

嘘だ。

サキュバスのエネルギー源である魔力は食物から摂《と》ることも可能だけど、効率は非常に悪い。お腹がはちきれるまで食べても癒風《ヒール》一回か二回分だろう。食材によっても多少は変わるが、サキュバスの本能でそのくらいだと分かるのだ。

その程度ならクリスに抱きつけば一〇秒かそこらで溜まるし、精神的な満足感もそっちの方がずっと上だ。

でも、何とかクリスを休ませたかった。

「……何か作れる？」

「が、頑張る！」

これでも彼女いない歴＝年齢の一人暮らし大学生だ。

解体の経験こそないけれど、そこそこ料理はつくれる自信があった。

クリスから借りた解体用のナイフを使って何とかもも肉を切り出し、適当な枝に突き刺して焼いていく。

火種は習得したばかりの火魔法だ。

グロすぎて涙が止まらなかったし、血の匂いに何度かえづいたけれど、ここでクリスに無理をさせれば本当に倒れてしまうと思って踏ん張った。

「できたよ」

「……あんまり美味しくない」

「調味料もないし仕方ないじゃん！」

「血抜きよ。どこかで練習した方が良いわよ」

そう言いながらもクリスはおれが作った串焼きを全部平らげた。食事というよりも、栄養補給だろうか。

串焼きを食べながらも怒りと憎しみに燃えた瞳が、彼女の原動力を物語っていた。

勝手に体が動いてしまうほどに人を助けてきた女の子なのに。

魔族で、何の関わりもなくて、お荷物のはずのおれを助けてくれるような女の子なのに。

そんな彼女が誰かを殺すことを目的にしていることが、無性に悲しかった。

♀　♡　♀　♡　♀

おれたちが目指しているのは、森を超えた先にある小さな街だ。

戦場が近く、交易地として栄えるそこは人の出入りが多い。フードでも被ればさほど目立たないだろう、とのことだった。

確かに鮮やかな紅の髪も、彫刻みたいに綺麗な顔も超目立つもんなぁ。

眺《なが》めてるだけで魔力が少しずつ回復するとか尋常じゃない美人だ。おそらく日本だったらアイルとかモデルとかで即日デビューが決まるレベルだろう。下手すればひと月でトップを取れる。

言動はともかくとして、そのくらい綺麗なのだ。

そう思っているのはおれだけではない。

「何?」

「おねいちゃん、きれいだから」

クリスに背負われているのは四、五歳の幼女だった。森まで食料を取りに来て、迷ってしまったらしい。名前をモモちゃんと言った。

ゴブリンに囲まれて泣いていたのを見つけ、クリスは迷うことなく助けた。

毒で自分も体調が悪い癖に、空間転移でモモちゃんの元に行くと、力強く抱きしめたのだ。

「もう大丈夫」

クリスはモモちゃんに凄惨《せいさん》な光景が見えないよう抱きしめながら、ゴブリンたちを一匹残らず切り伏せていた。

そこからはもう、モモちゃんのヒーローだ。

最初はおれがおんぶしようと思ったんだけど、非力なおれの身体じゃ重すぎてへろへろだったし、何よりモモちゃんがクリスに抱っこしてほしいと駄々《だだ》をこねたのだ。

「クリスは具合が――もがっ」

「良いよ。おいで」

クリスは困った顔をしながらも、事情を伝えようとするおれの口を塞いで、モモちゃんをおんぶしてあげていた。

……クリスは優しい子だ。

基本的には無表情というか、ちょっと迫力がある感じのきりっとした子だけど、モモちゃんが嬉しそうにしていると時々、微笑むのだ。

厳寒《げんかん》の冬を耐えたつぼみがほんの少しだけゆるむような、微かな笑み。

モモちゃんすら気付かないであろうそれに、クリスの本心が隠れている気がした。

「モモちゃん、勇者って知ってる？」

「うん！　悪者をやっつけて、みんなを守ってくれる人なの！　ママが昔住んでた村もね、勇者様がね――……」

勇者。

勇ましい者と書くが、モモちゃんの話やクリスの言動を総合すると、戦うことよりも人を守るための存在に聞こえた。

「だからね、モモもいつか勇者様みたいになるの！」

「そうだねー。きっとモモちゃんもなれると思うよ！」

「……はぁ。本当に調子狂う」

クリスは不満そうにおれを見るけれど、モモちゃんの手前、文句も言えないようだった。吸い込まれそうな深紅の瞳に冷たい視線を向けられると、ちょっとゾクゾクしてしまう。

ソッチの気はないはずなんだけど、まぁきっとサキュバスの本能ってやつなんだろうな。

うん、そうに決まってる。

だから魔力がじわじわ湧いてるのも、おれがクリスのうなじとかわき腹とかから目が離せないのも仕方のないことなんだ。

モモちゃんを連れて歩いていると、不意に森の切れ目が見えた。

「おねいちゃん、こっち！」

モモちゃんに手を引かれ、クリスの足取りがはやくなる。無理しているのを知っているのでハラハラするけれど、クリス自身が無理をしてでもモモちゃんの気持ちを守ろうとしているのだから水を差すのも野暮《やぼ》だろう。

そう思って追いかけるけれど、森の切れ目に不自然な魔力を感じた。

「待て！　ダメだ！」

飛び込むようにしてモモちゃんとクリスを止める。バランスを崩したふたりのすぐそばを、巨大な剣が通り抜け、そのまま近くに生えた樹木を切り倒していく。

「……運の良い人ですわね」

おれの身長ほどもある大剣を握っていたのは、ピンクブロンドの髪をサイドポニーにした女の子だ。

年齢で言えばクリスより少し下。おそらくは十代前半だろう。

眠そうな瞳でぼんやりとクリスを見据え、再び大剣を構える。

「クリスお姉さま……抵抗しなければ、苦しまずに神の身元にいけますわよ？」

「お断りよ！」

クリスがモモちゃんを抱えて飛び退くと同時、大剣の女の子の背後から飛んできた弓矢がさっきまでふたりのいた場所に突き刺さった。

「外れですか。余計な時間を使わせないでいただきたいものです。リアーナ様もさっさと裏切り者を処断していただきたい」

「……手を出さないでって言ったはずだけど」

森の外に、幾人かの男が立っていた。豪華な鎧を身に纏い、刺繍《ししゅう》入りのマントをつけた姿はどこかの騎士団とか、大きな組織の人間に見える。

その内のひとりは弓を構え、クリスにいやらしい笑みを向けていた。

「……イスカール……！　この裏切り者！」

細剣《レイピア》を握りしめて今にも斬りかからんばかりのクリス。おそらくは、クリスの背に矢を射かけた裏切り者だろう。状況が呑み込めていないモモちゃんがきょとんとしていた。

クリスはいますぐにでも飛び出そうとしていたが、モモちゃんを見て踏みとどまっている。

「モモ、離れていて」

「おねいちゃん!?」

「いいから」

「ふん。人類を裏切っているとはいえ、子供を逃がす程度の倫理観《りんりかん》はありましたか」

「誰が裏切り者だ……！　お前こそ――」

「ふふっ。それ以上余計なことを口走るようなら、その子供も処分しなければなりませんね」

不都合な真実を知ってしまったら消す。

言外にそう告げたイスカールに、クリスの顔が大きくゆがんだ。

「下衆《げす》が」

「少なくとも、世間的にはあなたが下衆になります。――リアーナ様、裏切り者を斬ってください」

「……命令しないで。私はお姉さまが国を裏切った真意を聞きに来たの」

リアーナと呼ばれた大剣の少女はまっすぐにクリスを見つめていたが、先ほどモモちゃんの命を人質に取られたクリスは何も喋らない。

「……何も話してくださらないのですね」

「リアーナ様！　早く殺してください！」

「お姉さま……信じていましたのに」

クリスとどういう関係なのか分からないが、リアーナは目を伏せて大剣を振り下ろした。

「今です！」

回避のために後ろに跳んだクリスに対し、いやらしい笑みを浮かべたイスカールの合図で、魔法と矢が殺到した。クリスは細剣《レイピア》でそれを弾き、いなし、躱《かわ》していく。

「イスカール……手を出さないでって言った」

「裏切り者の断罪は急務です」

「……じゃあ私は手伝わないから」

「仕方ありませんね。相手は手負いですし、我々だけで追い詰めるとしましょう」

イスカールの部下たちは人数にものを言わせて魔法や弓矢をひっきりなしに放ってくる。

モモちゃんを抱えているからか、クリスは反撃をしなかった。

ただ、舞うような動きですべての攻撃を回避していく。

その姿に思わず見惚れてしまうけれど、クリスの膝が唐突にかくんと折れた。

毒に侵された身体に無理を押してモモちゃんを背負っていたのだ。無理が祟《たた》ったのだろう。

「くっ⁉」

「や、やらせないぞっ！」

おれは思わず飛び出していた。クリスを抱きしめ、庇うように背を晒《さら》す。思わず飛び出してしまったけれど、ハリネズミみたいになった自分を想像し、ぎゅっと身体が硬くなる。

そんなおれの胸元で、クリスが苦しげに、しかしはっきりと声をあげた。

「空間、転移……ッ！」

視界が歪む。

気づけばおれたちは包囲網を突破して、イスカールたちの背後十メートル程のところにいた。

「転移魔法ですか……！」

気付いておれたちに殺到するイスカールたち。

クリスは真っ青な顔で意識すら朦朧《もうろう》としていた。体力の限界に、魔力切れが重なったのだろう。

「にげ、て……」

「おねいちゃん！」

「モモちゃんだけなら大丈夫だ！　離れて！」

巻き込まれただけで何も知らない子だ。イスカールはともかく、リアーナはまともそうな雰囲気もあるし、一緒にいて魔法や弓矢に狙われるよりも離れた方が安全なはずだ。

そう考えてモモちゃんを引き剥がすと、くたりと倒れそうなクリスの身体を必死に抱き留める。

何のためらいもなく命を狙われ、走馬灯がよぎる頭で必死に打開策を考える。

おれは魔法が得意な種族なんだから、なんかこう、すごい魔法を！

そう思った瞬間。

おれの手から魔力が迸《ほとばし》り、魔法陣が組みあがった。複数の平面を繋ぎ合わせた形の不思議なそれは、今さっきクリスが発動したばかりの魔法だ。

あまりにも複雑な構成で、魔法陣で補助しなければサキュバスのおれですら使えない魔法。

勇者のみに伝わる魔法。

ゲームやラノベならば、まず間違いなくチートの一つに数えられる魔法。


——転移魔法。


異変に気付いたイスカールたちが魔法と矢を放ちながら駆け寄ってきた。鋭い矢じりもスローモーションになり、おれに近づいて来る。

その背後には、炎や雷、氷の矢が続いていた。

明確な殺意に背筋が凍る。

……クリスはこんな悪意に立ち向かおうとしていたんだ。

ぐったりしているクリスを抱きしめ、おれは叫んだ。

「どこでもいい！　おれとクリスを安全なところへ！」

魔力が弾け、おれたちの姿が掻き消えた。

TSロリサキュバスの健全配信活動!

# 二章
# 環ちゃんと初配信と

魔力を使いすぎたせいか、酷い頭痛と酩酊感《めいていかん》に襲われておれは夢中で魔力を求めていた。

悲鳴とも喘《あえ》ぎ声ともつかない何かを聞きながら、魔力を求めて必死に貪《むさぼ》った……ような気もするんだけど、そもそも夢か現実かすら分からなかった。

……柔らかな暖かさと甘い香りがおれを包んでいる。

トーストとバターの匂いで目を覚ましたような、幸せな朝だ。

「……ん～！　なんかすごい楽になった……」

よく寝たからかな。魔力もたっぷりあるし、身体もすっごく軽い。

「……ってアレ!?　ここ、おれの部屋!?」

寝ぼけ眼で周囲を確認すれば、ゲームの限定タペストリーや予約特典で手に入れたポスターなどが所せましと飾られており、パソコン周りにはゲームのパッケージとラノベ、漫画の積読タワーが積み上がり。

こたつ周辺には読み終わった漫画の山。

大悟に借りた『土器《どき》ドキ縄文学園!～俺のマンモスが縄文女子をパオーン！』もこたつの上に並んでるし、紛うことなくおれのアパートである。

「……おれの部屋なのに、何でこんな良い匂いが……？」

周囲を確認しようとみじろぎすると、背中に何か柔らかい感触が当たった。

瞬間的に魔力が湧き上がってくる。まさか、と寝がえりを打つと、そこにはクリスがいた。

すっごい静かだったけれど、目はぱっちり開いている。

……というか、ブリザードみたいな視線でおれを睨んでいた。

ちなみに、何も着ていない。

掻《か》き抱《いだ》くように両手で肢体《したい》を隠している。が、不完全に隠されていることでその美しさが強調されていた。無駄がなく、それでいて香り立つような身体。きめ細かく、透けるような肌。そして、おれの想像力をくすぐるように隠された胸元。

思わず感想と希望を口走りそうになり、慌てて誤魔化す。

「アッ、吸いつき、じゃない、え～っと……おはよう？」

「……変態。ばか。性欲魔人」

「ヴェッ!?」

待って待って待って！　おれ何もしてな……くも、ない……？

よくよく思い出してみると転移魔法でここに来た直後、おれは魔力切れでぶっ倒れた気がする。魔力飢餓《きが》みたいな状態で理性とバイバイしていたおれは、同じく転移したばかりのクリスをベッドに引きずり込んだ。

クリスはおれが魔力切れでヤバい状態だと気付いたらしい。で、抵抗すべきか悩んでいるクリスを、おれは本能全開で可愛がった……ような記憶も薄っすら残っていた。

そういう知識がなさすぎたらしく、頭の上にハテナをたくさん浮かべてたり、顔を真っ赤にして固まったり、恥ずかしさのあまり涙目になっていたりしてるとこなんか最高だった。

普段のクールなクリスとのギャップがたまらない。

思い出すだけで魔力がじんわり回復してくる。

……うん、しっかり覚えてるわ。

「……ケダモノ。最低。サキュバス」

「いや、サキュバスは種族だし別に悪口じゃ――……ごめんなさい」

「許さない。えっち」

裸体《らたい》を隠すように布団を引っ張り、頬を染めながらも厳しい視線を向けるクリス。

恥じらう姿だけで魔力回復できるってすごいよな。

「……おれも男だ。責任取るよ」

「……おとこ？　誰が？」

「待って。説明したよね!?」

唇を尖らせておれと自分との間に布団を引っ張り込む姿は、年相応の幼さと香り立つような妖艶さが混ざって何とも美味しそう……っていかん！

おれは性欲魔人でもケダモノでもない。

サキュバスの本能に引っ張られて嫌がる女の子に手を出すなんてあってはならないのだ。

「と、とりあえず服を着よう！　アッ、その前にシャワーを浴びよう！　汗かいただろうし！」

「誰かさんにかかされたんだけど」

「ヴェッ!?　そ、それは、その……」

本能って言い訳するのも何かクリスに失礼な気がするし、かといっておれの意志でもない。嫌な汗が背中を濡らし始める。

「さぁシャワー浴びよう！」

クリスを風呂の前まで引っ張り、蛇口を捻る。

「こっちがシャンプーで、こっちのボトルがボディーソープね」

「しゃん、ぼでぃ……？　わからないんだけど？」

「え、えっと……」

「一緒に入って」

「ヴェッ!?!?　良いの!?」

「良くない。でも分からないから仕方ないでしょ」

は、鋼の理性！

二一年間童貞を貫いてきた鋼の理性でサキュバスの本能を抑え込むんだ！

「それじゃ、まずは美味しそうな……じゃない！　肩とか首とかにお湯をかけて汗を流すなんてもったい――じゃない！」

「……何？　錯乱《さくらん》してるの？」

ある意味してるよ！

♀　♡　♀　♡　♀

「……もうサキュバスなんて信じない」

「……これはその、あの……すみませんでした」

二時間後。おれはクリスに土下座をしていた。

ちなみにクリスは生前のおれが使ってたぶかぶかのパーカーとジャージを着ている。本当はＹシャツを渡して彼シャツ的なサムシングを楽しみたかったけれど、怒ってるクリスにリクエストなんてできるはずもなかった。

でもさー。正直、おれは悪くない気がするんだよね。

腹ペコ状態で目の前に最高級のフルコースが並べられたら我慢なんてできるはずないじゃん。ただでさえ見惚れるくらいの美少女なのに洋服どころか下着までなし。その上、シャワーで濡れていたんだから仕方ないと思う。

そりゃ、おれもちょっとだけ調子に乗っちゃったよ？

でも、クリスだって悦んでたし、ＷＩＮ－ＷＩＮだと思うんだけどなぁ。

「変態」

「……はい」

「ケダモノ」

「……………仰《おっしゃ》る通りです」

「サキュバス」

「…………………事実陳列罪《じじつちんれつ》です」

何とかクリスの怒りを収めようと奮闘していると、不意にクリスが顔をあげた。

許してもらえたかな、と様子を窺《うかが》ってみるが、クリスは玄関へと視線を向けていた。

「誰か来た」

気配だけで気付いたらしい。

玄関のドアノブががちゃがちゃと回される。良かった、鍵かかって——

かちゃんっ。

ホッとしたのもつかの間、当たり前のように鍵が開けられてしまった。

鍵持ってるってことは大家か……？

おれが事故で死んだ扱いになってるなら片付けも必要だし、視察に来てもおかしくないか。

——って、まずい。

おれもクリスも日本人離れした容姿だし、身分証になるものなんて一切持っていない。

どうやって言い訳するか思い浮かばず緊張で吐きそうになっているとドアが開けられた。

入ってきたのは、松葉杖をついたヒョロガリ眼鏡。

「ひっく、ひっく……先輩……すんません、自分のせいで……ひっく」

大悟だ。

無事だったか、と胸をなでおろすけれど、よく見ると無事でもなさそうだった。

頬には大きなガーゼが貼られていて、首には固定用のサポーターが巻かれていた。その上左足はギプスでガチガチの大悟は、松葉杖を使ってえっちらおっちらおれの部屋へと侵入してきた。目の下には真っ黒な隈《くま》があって、余計に病人じみていた。

「せめて、遺言通りにパソコンの中身は消去するっす……エロゲは回収するっすけど」

「大悟！」

思わず声をかけると、大悟はおれを見て固まった。

酷い隈だし、涙でぐちゃぐちゃだった。

「大悟、おれだよ！　分からないのか!?」

目を真ん丸に見開いたまま固まった大悟に、何とか分かってもらおうと必死に言葉を重ねる。

「転生したんだ！　なんでかロリサキュバスにTSしちゃったけど、お前と一緒に旅行に出かけて事故った周宗也だよ！」

「……先輩……？」

「そうだよ！　おれだ！」

「……ロリっ娘《こ》の拉致監禁《らちかんきん》は……さすがに警察に連絡するしか……！」

「ばかなこと言ってんじゃねーよ!?　おれだ、宗也だ！」

「洗脳調教まで……やっぱり……！」

「やっぱりって何!?　おれが好きなのはイチャラブ純愛ハーレムだって昔から言ってるだろ！　拉致監禁も洗脳調教も大悟の癖《へき》だろうが！」

こいつのアパートには『ウマと娘！〜じゃじゃ馬なあの娘にムチ入れ走らせ三冠〝性〟覇〜』『とんコツ！〜拉致監禁した美少女を雌ブタ調教したらラーメン屋に出荷されたがるんだが〜』とか正気が疑われるようなタイトルがずらっとコレクションされているのだ。

何を思ってこんなイカれたタイトルが発売されたのか知らないけどＳＡＮ値直葬待《さんちちょくそう》ったなしである。クラナドで人生を学んでいなければおれも危なかった。

「…………」

「…………」

「……ほ、本当に先輩っすか？」

「そうだよ。『代々木ゲイ術学院☆おれのゴッホがドビュッシー♪』のヒロインが全員男の娘《こ》だって分かってディスクを叩き割ったり、いざという時パソコンのエロデータの始末を頼んだりした周宗也だ」

本人しか知らないであろうエピソードで信じてくれたのか、大悟はわんわん泣き出した。

自分のせいでとか、ごめんなさいとか、言って崩れ落ちていたので、頭を撫《な》でてやる。

大悟のことだから、自分が旅行に誘ったせいでおれが死んだとか自分を責め続けていたんだろう。

目の下の隈も、そのせいで眠れなかったからに違いない。

ばかだな。悪いのは逆走してきた車なのに。

「ぐすっ、ロリ美少女のなでなで……ご褒美っす」

「お前、こんなときでもブレないのな」

「三つ子の魂百《せいへき》までって……えっ」

「なんだよ」

「あ、あれ……！」

大悟の視線の先には、リビングから顔を覗かせたクリスがいた。様子を窺おうと顔を出したところでバッチリ目が合っちゃったんだろう。

クリスも「どうすればいいの」みたいな顔で固まっていた。

どうやって説明するか悩んでいると、大悟はおれに咎《とが》めるような視線を向けた。

「先輩、たとえ相手が女子高生でも拉致監禁とか洗脳調教はダメっすよ……」

ムカついたので頭を叩いたら、お礼を言われた。お前、本当にブレないな……。

それから、おれを犯罪者扱いする大悟に、こってりがっつり時間をかけて何とか事情を理解させた。

魔力回復のために転移直後とか寝起きのシャワーとかでシたことを自慢しようとして、クリスにつねられたけど。

何とか事情を呑み込ませたところで、クリスがお腹が減ったと言い出したので適当な食料を出してやった。

といっても生鮮食料品はだいたいアウトだったし、冷蔵庫の野菜室ではバイオテロが発生していた。クリスに出したのは未開封だったサイダーとポテチだ。

しゅわしゅわなサイダーに目を白黒させ、濃い味のポテチに絶句していた。聞いた感じ中世くらいの文明レベルでインフラが発達してないっぽいし、塩は大切に少しずつ使う感じなんだろうな。

こうしてればすっごく可愛い女子高生にしか見えないんだけれど、クリスの心はやっぱり復讐に燃えていた。

「……とりあえず、これからどうするっすか？」

「戻ってイスカールを殺しに行く」

大悟の問いかけに真顔で即答だった。

「クリス。全部忘れて、日本で新しい生活を――」

「無理ね。新しい生活を始めるなら、イスカールに過去を清算させてからよ」

どうすればいい。

どうすればクリスを復讐から解放できる。

必死に考えるけれど、良い答えは出てこないまま時間だけが過ぎる。

「元の世界に送って」

「そ、それは——」

「送って」

「あっ！　ま、魔力が足りないんだ！　異世界にいくにはすっごいたくさんの魔力がいるから！」

咄嗟《とっさ》の言い訳にクリスは胡乱《うろん》げな視線を向けたけれど、世界を渡るのに理性が飛ぶくらい魔力を使ったのは事実だ。

「……わかった。魔力が溜まるまでシて良い」

「ヴェッ!?」

「だから元の世界に送って」

なんでだよ……なんでそこまで……！

手詰まりだった。重たい空気におれもクリスも沈黙したところで大悟がパン、と大きく手を打った。

「と、とりあえず自分の家に来ないっすか？　ホラ、先輩は亡くなったことになってますし、このままだと業者とかが来てマズいことになるっすよ」

「そうだな！」

「……」

「魔力を溜めるっていっても、おれとかクリスがへろへろになっちゃうじゃん？　毎日無理のない範囲で魔力を溜めていこうよ」

「ダイゴの家で？」

「そ、そうだね」

「ちょっ!?　先輩!?　マジっすか!?」

すまん大悟。耐えてくれ。

「……良いわ。でも溜まったら元の世界に送って」

「分かった」

ちなみに大悟の怪我はおれの癒風《ヒール》で全回復した。大怪我が一瞬で治ったら怪しまれそうなのでギプスはつけたままだが、人目がなければ松葉杖なしでスタスタ歩ける。

AT《オートマ》なこともあって車の運転もバッチリである。

「っていうか大怪我してるのに運転してくるなよ」

「すみませんっす。少しでも先輩の無念を晴らそうと必死だったたっす」

「ばか」

そんな話をしながら近所のショッピングモールに寄った。女物の服を買うためだ。

だぼだぼっとなってるクリスはちょっとえっちだけどさすがに似合わないし、おれに関してはもうコメントできないレベルの服装になってたからね。

ちなみに財源は大悟。

——というか、大悟が入っていた同乗者死亡保険である。

「先輩のお金っす！　一円残らず好きに使ってくださいっす！」

とのことだったので遠慮せずに使わせてもらうことにした。

「先輩、マジで女児服が似合うっすね」

せめてキッズって言えよ……仕方ないじゃん身長低いんだから。服選びはそれほど困らなかったんだけど、問題が一つあった。

下着だ。

「ピタっとしてて気になる」

「すごく良いものだと思うけど。この世界は豊かなのね」

ゴムの入ったぱんつや補強入りのブラジャーは初体験のクリスからは評価が高いが、おれからすれば違和感しかない。妥協案としてボクサータイプのぱんつを買ったんだけれども、つるつるで何もないので生地がぴたっと張り付くのだ。

とはいえ、完全に女の子向けのは精神的にしんどいし、トランクスだと隙間から見えてしまう可能性もある。男としてのプライドを守るためにもノーブラ・ボクサーパンツはギリギリのラインだった。

ちなみにクリスは何でも良いとの仰せだったので、店員さんにサイズを見てもらった後はおれの好みで選んだ。おれがそれを外すところを想像して魔力もじんわりである。

そんなこんなで服装を整えたおれたちは大悟のアパートに移動し、三人でローテーブルを囲んで何となく方針会議っぽいことをしていた。そもそも何を決めればいいのかも分からないので、会議は遅々として進まない。

「とりあえず先輩たちも住める家に引っ越しっすかね」

「引っ越しって……嬉しいけど、良いのか？」

「自分にも保険が下りてるっすから。っていうか自分のベッドでイチャイチャされたら死ぬっす」

「大悟だってよくイチャイチャしてるだろ？　等身大抱き枕と」

「ぐっ……！」

今よりも広い2ＬＤＫ以上の部屋ということで若干高くなるものの、元々家賃お高めだったし実家も太いので大丈夫とのことだった。

「先輩がそんな風になっちゃったのは自分のせいっすから！」

「ありがとな……でもどうにかしておれも稼ぐ方法が必要なんだよなぁ。はぁ……クリスとイチャイチャしながら自堕落な生活を送りたい」

クリスには無視されたけども、この程度でおれはめげない。

「クリスもそう思わない？」

スキニージーンズに覆われたクリスの太ももにごろんと寝転がる。

咎めるような視線を向けられたが、クリスが無視続行を選んだのでおれはじわっと魔力を回復させることが出来ている。

「アーッ！　自分が見てる前でそういうコトするっすか!?」

「うらやましいだろ」

「むしろ御馳走様《ごちそうさま》っす！　百合てぇてぇっす！」

「そういや大悟、百合もオッケーなんだっけか」

「当たり前じゃないっすか。世の中には良質な百合からしか摂取できない栄養ってモンがあるっすよ！　はぁ～、中身が先輩なのが業腹っすけど、美少女同士てぇてぇっす！」

その言葉に、ピンと来た。

脳裏に浮かんだのは、事故の朝に大悟が見ていたブイチューバーの配信だ。

「そうだ、てぇてぇだ」

「てぇて……何？」

「ああごめん。こっちの俗語《スラング》で、非常に素晴らしいものに感動したって意味だ」

ざっくりだが正解だろう。確か、尊《とうと》いを変化させた言葉だった気がする。

「おれ、配信やる」

「ッ！」

「動画配信で稼ごう！　メインコンテンツはおれとクリス！　異世界だって手つかずのコンテンツ

だ！」

「良いっすね！　先輩とクリスちゃんの見た目なら一〇〇億パーセントウケるっす！」

「振込用の口座登録とか、戸籍がないと難しいところは大悟に手伝ってほしい」

「もちろんっすよ！」

「……待って。何をするつもり？」

訝しげな表情のクリスに、配信というシステムについて簡単に説明する。

「……それがお金になるのね。復讐の邪魔しないなら良いわよ」

「よっしゃ！　そうと決まれば──」

さっそく機材の準備だ。

そう言おうとしたおれの耳に、かちゃん、と異音が響いた。

玄関の鍵を開けたような音に続いて、女の子の声が聞こえた。

「生きてる？　死んでてくれると嬉しいんだけど」

「ヴァッ!?」

「か、隠れるっす！　環《たまき》っす」

風当りが暴風並みに強い大悟の妹、環ちゃんの襲来だった。

ドタドタと移動した大悟が、玄関とリビングを繋ぐドアを死守するために対応する。

「どどどどっ、どうしたっすか環！」

「事故って大変そうだから、ちょっと様子見てこいって。母さんが」

「そ、そうっすか！　痛いし苦しいっすけど大丈夫っすよ!?　ギリギリ生きてるっす！」

「ふーん……ドア開けて」

「ヴァッ!?　何っすか!?」

「怪我してる癖に、ずいぶん機敏に動いてたじゃん。怪しい」

「あ、怪しくないっすよ！　可愛い妹を持《も》て成《な》すために痛みを我慢したっす！　長男だから耐えられたっす！」

「ふんっ」

しどろもどろの言い訳をする大悟に、環ちゃんは舌打ちを一つ、左足のギプスをつま先でちょんとつついた。大悟の怪我が治っていなかったら悶絶するであろう暴挙である。

動転する大悟を押しのけて、環ちゃんが部屋に入ってきた。

パンク系、というのだろうか。さらりと伸びた黒髪には派手な紫のメッシュ。耳にはじゃらりとピアス。

これで県内トップの進学校でも一位、二位を争う成績を誇るというのだから人は見た目じゃ分からない。

頭脳明晰なパンク系美少女は、不機嫌そうな表情で大悟を見下ろしていた。

「ほら、やっぱ痛がってない」

「ななな、何するっすかー!?」

「あと、私のこと妹って言うな。お前なんかと血が繋がってるなんて思いたくない」

あんまりにもあんまりな一言に、頭に血が昇ってしまった。

「流石にそれは言い過ぎだろ！　大悟が可哀想だ！」

突然割り込んできた俺に、環ちゃんはぎょっとして固まる。その後、形容しがたい表情になって金魚みたいに口をぱくぱくさせていた。驚きすぎて声も出ないらしい。

「大悟は大怪我してたんだ！　もし今ので骨がズレてたら、大事《おおごと》になるところだったんだぞ!?」

「先パ――――!?」

「大悟はちょっと黙ってろ！　環ちゃん、もし大悟がこないだみたいな事故にあって、それで死んだらどうすんだ!?　喧嘩して酷いこと言って、それが別れの言葉になるかも知れないんだぞ！　ちゃんと考えたか!?」

ドア付近で寝転ぶように倒れていた大悟も、環ちゃんとまったく同じ表情でおれを見ている。

あれ、なんか空気がおかしい気がする。

もしかして……やらかした？

「……えっと、だから、ちょっと今の言動は、流石に大悟が可哀想だと思う、よ？」

強引にまとめてみたけれども、誰も何も言わない。

どうすんだこの空気、と思って辺りを見回すと、クリスが頭に手を当てて首を振っていた。頭痛でも起きたかのようなジェスチャーだ。大悟はコメントしづらい表情のまま彫像のように固まっているし、本当にどうればいいんだコレ。

仕方なく環ちゃんが動き出すのをたっぷり二分ほど待った。

我に返った環ちゃんがようやく絞り出したのは、奇《く》しくも大悟と同レベルの推理だった。

「……ロリっ娘の拉致監禁？」

スマホを手に取って通報しようとする環ちゃんを二人掛かりで必死に止めた。

クリス……何やってるか分からないかもしれないけど雰囲気を読んで手伝ってよ……。

♀ ♡ ♀ ♡ ♀

それからさらに一時間。おれは石鹸《せっけん》系の良い匂いに包まれていた。

理由は簡単。環ちゃんがおれを思いっきり抱きしめているからだ。

今までとは別人かと思うほどの優しげな笑みを浮かべた環ちゃんから「大丈夫」「やり直せるから」「大悟《あのクズ》はお姉さんがなんとかする」「誰にも言わない」と謎の慰《なぐさ》めをいただいた。

ちょっとしたプレイ感があって魔力回復《ドキドキ》したんだけども、そのあと大悟に殴りかかったのでクリスとおれで何とか止める羽目になった。

どったんばったんやりながら環ちゃんを止めたは良いものの、そこから先も大変だった。

「とりあえずお姉ちゃんとお風呂に入ろ？　ね？　背中洗ってあげる」

「どこで声かけられたの？　お父さんとかお母さんはどこにいるのかな？」

「このお兄ちゃんに言われたこととかされたこと、お姉ちゃんにも教えてくれない？　内緒だよ、とか秘密だよ、とか言われたことも。お姉ちゃんも絶対内緒にするから」

環ちゃんはあの手この手でおれから情報を引き出そうとしてきた。

……………大悟よ。

お前は環ちゃんにどう思われてるんだ？

大悟にえっちなことをされていないかを本気で心配してくれているらしく、おれを膝に抱えて離そうとしない。ちなみに大悟を見るときには汚物を見るような冷たい視線だ。

断言しても良いけど、環ちゃんは大悟のことを性犯罪者だと思ってる。

「お名前教えてくれる？　お姉ちゃんは、環っていうの。そういえば、さっきお姉ちゃんの名前呼んでくれたけど、このお兄さんから聞いたの？」

「ええと、まぁ、うん」

「そっかそっか。他にどんなお話したか、教えて？」

うん、流れるように証言《ウラ》を取ろうとしてくる辺り、本気で疑ってかかってるよね。大悟の発言はガン無視するし、おれと大悟が話そうとするのも阻止してくる。

まぁ性犯罪者が相手だったら正しい反応なのかも知れないけど、これはもうどうにもならない。

「環ちゃん。ちょっと話をしたいから、膝から降ろして」

正直ちっちゃい子みたいな扱いされるのもバブみを感じて微妙に魔力が回復するんだけど、友達の妹をそういうプレイに巻き込むのはちょっと良くないと思う。

環ちゃんの膝から降りると、大悟をまたいでPCデスク備え付けのチェアに腰掛ける。

あ、今の身長だと足がつかない。

ぷらぷらしながら真面目な話をするのも微妙にしまらないけれど、まぁしょうがない。

「環ちゃん、大悟が一週間前に事故に巻き込まれたの、知ってる？」

「うん。高速で逆走してきた車が正面衝突してきたって」

「そう。そのときの同乗者って」

「この人の大学の友達だって。たしか、周《あまね》さんとかって人？」

「そう。それ、おれなんだ」

環ちゃんは形容しがたい表情でおれと大悟を交互に見つめると、小さい声でぼそりと呟いた。

「……洗脳調教……？」

それはもういいって！

というか小学生を拉致して、君の前世は自分の先輩（男）だよって洗脳するの闇が深すぎるだろう。どんなプレイなのかまったく理解できない。

しょうがないので一から全部事情を話すことにした。大悟の時の三倍くらい丁寧な説明だ。

オタク気質が薄い、というか一般人の環ちゃんは元男子大学生が異世界でロリサキュバスに転生とか言われても簡単には信じない。

信じられるわけがない。

なので最終的には、

「これ、羽根と角、尻尾」

「えっ」

「本物だよ。触ってみる？」

隠しておいたサキュバスの特徴を全部出した。

オマケに魔力も込めてふわっと浮遊してみる。どういう力の働き方なのか、背中からお尻当たりがふわっと持ちあがってちょっと前屈みな格好になったけど、無事にぷかぷか浮いた。

「えっ？　あっ、えっ!?」

ふよふよしながら環ちゃんの前まで行き、

「どう？　少なくとも、人間じゃないってのは、分かった？」

「……触ってもいい、ですか？」

「どうぞ」

おれが年上の男子大学生だという受け入れがたい事実を受け入れようとしているのか、微妙に取って付けたような敬語を足した環ちゃんに、角と尻尾を差し出す。

「どう？　本物だっ――ヒャァ!?」

ちょっと！　根元は！　根元はダメ！

身をよじって躱そうとしたところで、クリスがひょいっと取り上げてくれた。

無表情なまま環ちゃんとおれを交互に見つめるクリス。さ、さすが勇者！

「それで」

基本的にクールなクリスが、取り上げたおれを環ちゃんから遠ざけながら言葉を続ける。

「なんでそんなにダイゴのこと嫌いなの？　尋常《じんじょう》じゃない嫌い方に見えるけど」

「……良いですよ。教えてあげます」

環ちゃんの言葉を要約するとこうだ。

当時小五の環ちゃんは、二次性徴が始まり、そういうコトが一番気になる時期にさしかかった。

両親にお願いして、それまで一緒だった部屋も分けてもらったり、下着にも気を配るようになったりしたらしい。

そんなある夜。

「はぁ、はぁ、はぁ、うっ……！」

隣室から兄の妙な息遣いが聞こえてくるようになったのだ。しばらく耳を澄ませると静かになる。

だから環ちゃんは、気のせいだと思って寝ることにしたらしい。

しかし、翌日の夜も、さらに翌日の夜も同じような息遣いが聞こえてきてしまう。

「はぁ、はぁ、はぁ、」

流石に気のせいじゃないと気付いた環ちゃんは、こっそりと隣室の兄の様子を窺うことにした。

そして、縛って調教する系のＡＶをヘッドホン装着で鑑賞し、いきり立つマサムネを握りしめる兄を見て、トラウマを植え付けられてしまったのだという。

「分かる!?　男なんて、最低よ！　みんな、みんなああいう汚いものをぶら下げてるに決まってるもの！　あんなのを触った手で私に触るなんて絶対に無理！」

目に涙を溜めながら叫ぶように告げた環ちゃんに、クリスがそっと寄り添った。これはおれや大悟には慰められない。環ちゃんは思春期の第一歩を踏み出したところにごっついトラウマを刻まれて、男性不信になっていたのだ。

そりゃ初対面の時、おれへの態度も悪かったのも納得である。

大悟さぁ……鍵くらい掛けようよ。

「大悟……」

「……言い訳のしようがないっす……全部自分が悪かったたっす」

環ちゃんはこらえるような表情でポロポロと涙をこぼしていた。頭を下げる大悟など目に入っていないようだった。

小学校から今までず〜っと溜め込んでいたトラウマだもんね。しんどかっただろう。

不意に、ぺたんと座り込んだ環ちゃんがおれに手を伸ばしてきた。何をするのかと様子を見ていると、ぐいっと引っ張られて膝抱きにされた。気分はぬいぐるみである。

役得だし可愛いけど、何してほしいんだコレ。

ラノベのイケメン主人公とかならこれだけで惚れられることもあるだろうけど、おれイケメンじゃないし。というか今ロリサキュバスだし。

「えっと、おれも男なんだけど」

「元、でしょ？」

窺うような、すがるような視線に頷くと、環ちゃんがおれを抱きしめた。

「ヴァッ!?」

「柔らかい……良い匂い……好き……」

「んんっ!?」

ぬぐった涙のせいでちょっとひんやりな指がおれの服の下に潜り込んできている。

「もちもちのお肌にさらさらの銀髪、くりくりおめめ……全部私の好みです！」

「んぅっ……やめっ……！」

「それもただの好みじゃありません。ド級の好み、ド好みです」

「何言ってるかわからな――あっ、んんっ！　待って！　ほ、ホントに駄目！」

「た、環！　何してるっすか!?」

「えへへ……あまねさん、可愛くて好き」

「待って待って待って!?」

「大丈夫ですよ……女の子同士で気持ち良くなる方法、たくさん勉強してますから」

「ヴァッ!?」

「ふふっ……すぐに病みつきにしてあげますね♡」

魔力がドバドバ溢れてくるけれど、このまま本能に流されるのは絶対まずい……!

おれの異世界転生の話とか自分のトラウマ告白でキャパをオーバーしたのか、それとも本当はこういう性格なのか。

環ちゃんは完全にはっちゃけていた。

「お、女の子同士ってちょっと、ほら、ねぇ!」

「えっ?」

なんでクリスが驚くんだよ! いや、わかるけどさ! うまくアドリブあわせてよ!

「ごめんさっきのは嘘。でもおれ、一応は男だからね!」

「「「えっ?」」」

待って。何でここにいる皆がびっくりしてるの!?

さっき男だって説明したじゃん! 股間のマサムネは行方不明だけどさぁ!

少なくとも大悟はびっくりすんなよ!

嫌な汗が背中に流れる。どうにかせねば、と打開案を模索していると、環ちゃんに動きがあった。

「おい、クソ汚物」

「はひ!?」

いや、なんで大悟は汚物って呼ばれて返事するんだよ。

「私のこと、家族だと思ってる？」

「お、思ってるっす。当たり前っす」

「チッ。なら、あまねさんを説得して。説得できたら、今までのこと赦《ゆる》す」

一瞬でおれの味方を奪いに来やがった。進学校トップクラスの頭脳って怖い。

「え？　は？　え？」

「私の味方？　味方なら手伝うって言え。手伝わないなら敵だから」

混乱する大悟に畳みかけ、

「私が男性不信になった原因、父さんと母さんに話してもいいの？　私、敵には容赦しないよ？」

「わ、分かったっす！　手伝うっす！」

大悟は完璧に環ちゃん側に落ちた。

「そ、そもそもおれの身体、たぶん一二歳くらいだぞ!?」

「穢《けが》れを知らないって素敵ですね。私色に染められるってのも最高♡」

「大悟も簡単に手伝うって言うなよ！　貞操のピンチだぞ！　環ちゃんの！」

「で、でも……知らなかったとはいえ自分のせいで恋愛もできなかったと思うと、応援してやりたいっす……！」

こんな時だけ良い兄ちゃんになるなよ！

とりあえず落ち着かせて、気持ちを整理させる。

環ちゃん的には穢れを知らないロリサキュバスボディがドストライクだそうで、一目惚れしてしまったんだとか。どうにか付き合いたい、それが無理なら最悪、一緒にお風呂入ったりいちゃいちゃしたりするだけでもいい、とのこと。最悪でも風呂入ってイチャイチャするんかい。

身体だけの関係でも良いですよ、と蕩《とろ》けるような笑みで言われておれの理性は崩壊寸前である。

ちなみに前世のおれに対しての感想を聞いてみると、すっごく言いづらそうにしながらも「大悟《これ》と同族だと思ってたんで、あんまり視界に入れないようにしてました」とのことだった。

「先輩……」

口の中に生のゴーヤをありったけぶち込んだような表情をしながらも、大悟がおれを見つめてきたのだ。

「ごめんちょっとタイム。大悟、ちょっと」

進退窮《きわ》まったおれは大悟を廊下に呼びつける。クリスと環ちゃんには一旦待っててもらうことにする。

「大悟、どうするつもりだ」

「正直訳わかんないっす。環が自分を嫌っていた理由も今さっき聞いたところなんすよ」

だよなぁ。

「でも妹の初恋っす。応援はしたいっす」

「それ、おれが元の身体のままでも言えたか？　友達と妹が付き合うってすごく微妙じゃないか？」

「むしろ元の身体の方が両親には説明しやすいっすよ！　妹が一二歳の同性と爛《ただ》れた関係とか説明できないっす」

だよなぁ……！

妹の初恋が一二歳の元男子大学生で現在ロリサキュバスなんです、なんて説明したら正気を疑われるだろう。

「先輩は環が嫌っすか？」

「あー、えー、うーん」

正直、嫌じゃないです。本能的には嫌じゃないけど、友達の妹だぞ⁉

理性的な意味で気にするわ！

しかもほら、おれはクリスに手を出しちゃってるわけだし、男として責任を取るって宣言してるわけだし。

「嫌じゃないならとりあえず付き合ってあげてほしいっす。ほら、先輩、食事のためにもにゃんにゃんするのが必要っすよね？」

「……おぅ」

「あ、でも流石に将来を考えて膜だけはヴァブォ?!」

環ちゃんが聞いたら再び一生口を聞いてもらえないようなことを口走ろうとしたので、みぞおちにパンチして黙らせた。

生々しい上に兄が妹のそういうことを気にするっていうのが気持ち悪い。

「とりあえず、お友達からってやつで。大悟もそれで良いか?」

うずくまりながらも親指をグッと立ててきたので、部屋に戻ることにした。

大悟? 回復したら来るんじゃない?

少なくとも魔法を使ってあげる気はない。

部屋に戻ると、頬を染めながらも満面の笑みを浮かべた環ちゃんと、どう見ても不機嫌な様子のクリスがいた。

「えっと、何かあった……?」

「別に」

「お帰りなさい。クリスさんとあまねさんがどういう関係なのかお伺いしただけです」

「ヴェッ!?」

「別にどんな関係でもない」

「ヴェェッ!?」

「とのことですので、私とお付き合いするのも問題ないそうですよ♡」

「元の世界に早く戻して」

ああああああ！

どうすんだよコレぇぇぇぇ!?

大悟、早く戻ってこい!!

♀　♡　♀　♡　♀

それから四日。

おれは、おとこのそんげんをうばわれていた。

肉体的にも精神的にもぼろぼろになったおれは、大悟が実家から持ってきた布団の中でぐったりしていた。

いやだってさ。

環ちゃんはお風呂にもベッドにも良い笑顔で突撃してきて、自爆特攻というかノーガード戦法というか、何をしても怯まない代わりにおれにもあらゆることをしようとしてくるんだもん……。

おれはおとこだぞ!?　おとこなんだぞ！

それなのにあんなことされて……もう無理って言ったのに……ぐすん。

何より恨めしいのはそんなとんでもないことをされていても、魔力はしっかり溜まっているってことだ。

違うんだよ、これはサキュバスの本能なんだよ。おれの意思じゃない。

「おっはようございま～す！」

「ひっ、お、おはよう……！」

今日も今日とて、つやっつやで笑顔満面な環ちゃんが訊ねてきた。制服姿なので登校前、と思ったけど時間はすでに八時半を過ぎている。

「学校、遅刻してない？」

「大丈夫です。私、これでも主席ですし各教科担当から『テストで結果出すなら授業は出なくて良い』って言質《げんち》貰ってるんで」

頭良すぎだろ……っていうかそれはもう先生の職務放棄なんじゃないかな。

「だから、今から一日中でもできますよ♡」

「ひっ、待って待って待って！　おれにはクリスが――」

「何？　ケダモノ同士の共食いに私を巻き込まないで」

「クリスぅ!!」

環ちゃんとともに現れ、入口に寄りかかっているクリスは蔑《さげす》むような視線でおれを睨んでいた。

本当はクリスと一緒に寝るはずだったのに、環ちゃんがダイナミックエントリーしたことでクリスは大悟の部屋で寝泊まりすることになってしまった。

大悟？

初日夕方の時点で実家に逃げてるよ。

「お、お幸せにっす。自分は実家にいくんでどんなことをしてても気付かないし、どんな大声も気にしないっす。ご近所さんからのクレームも自分で止めとくっす」

裏切者め……！

ちなみにその裏切り者は配信準備とおれたちのご飯調達で忙しくしているはずだ。

ほとんどネットで注文したけど、家電量販店で直接買った方が良いものもあるらしい。技術系オタクの言うことは分からないけど、配信にプラスになるなら問題はない。

「と、とりあえずシャワー……」

「一緒に浴びますか!?」

「嫌だよ！　また変なことするつもりだろ!?　お風呂はそういうことする場所じゃないぞ！」

思わず突っ込むと、クリスからの視線がさらに冷たくなる。

「……私にはしたくせに」

「く、クリス!?」

「事実でしょ」

なんでこんなに味方がいないんだよ！

「おや、クリスさんも経験済みでしたか。でしたら御一緒します？　やられっぱなしにならない方法とか昨日見つけた弱点とか、色々お教えしますよ――実戦形式で」

「た、環ちゃんがクリスにそういうことするのは駄目だ！」

「……あまねは私にしたのに」

「うぐっ!?」

「何を勘違いしてるんですか？　クリスさんを責めるんじゃなくて、クリスさんと責めるんですよ」

「誰を!?」

「さぁ、朝ご飯にしましょう」

「待って、ねぇ誰を!?」

おれじゃないよね!?　おれじゃないって言って！

これ以上は身体も心も保たないから！

「とりあえず、服汚れちゃったと思うので新しいのです」

「あ、ありがと……」

「じゃあご飯食べるんで」

クリスと環ちゃんは二人一緒にリビングに移動してしまった。残されたのは昨日、環ちゃんに貪られて身も心もぼろぼろなおれだけだ。

身体中べったべたなのでシャワー浴びたいけれど、足腰がガクガクするので風呂場まで移動するのがしんどい。あと裸だし。

あ、そうだ。

「清潔化《クリーン》」

汚れ落としの魔法を発動させてみた。紫銀色の魔力がぱぁっと弾けて爽やかな空気がおれの身体を包む。

「おおっ、サッパリした」

べたべただった肌は風呂上りのようにすべすベモチモチになっていた。髪の毛もつるつるのサラサラだ。

ふたりに合流しようと環ちゃんが持ってきた服に手を伸ばす。

ぱさりと広げ、思わず叫んだ。

「環ちゃーーーーーん！」

オフショルダーの黒ワンピースはまだ許す。ミニスカートだし微妙に童貞を殺しそうなデザインだけど、普通に可愛いからね。

でもさ。

ひらひらのフリルがたくさんついたブラとぱんつはおかしいだろ！

水着って言われたら納得しちゃうような、誰かに見られることを前提としたようなデザインだ。

……これを、おれが着けるの……？

どこからどう見ても環ちゃんが脱がしたくて選んだデザインにしか見えない。

っていうかこのフリル、ズボンとかだとはみ出しちゃったりしないんだろうか。なんとか回避したいが、昨日穿いてたぱんつはぐしょぐしょだから穿《は》けない。苦肉の策でぱんつだけ穿いて、その上からワンピースを被ることにした。

ブラジャー？　男のおれには必要ないね。

服装を整えてリビングに向かうとクリスはコンビニのサンドイッチを頬張《ほおば》っているところだった。大悟にも朝食調達を頼んでいたのだが、別個《べっこ》に買ってきたらしい。

「おおっ、可愛いですね！」

「ありがと……」

下心満載の環ちゃんに言われても嬉しくない。クリスからの感想はどうだろうか、と視線を向けてみるが、ぷいっと視線を逸《そら》らされてしまった。

「……く、クリス……？」

「知らない。私、サンドイッチ食べるのに忙しいから」

「あまねさんも食べます？」

魔力は毎晩気絶するほどチャージさせられてるから、食事は必要ない。脱水にだけ気を付ければOKなのでペットボトルのお茶だけ貰った。

というわけで、食事中の皆と配信のミーティングだ。本当は大悟を裏方におれとクリスでやる予定だったけれど、環ちゃんが興味津々で参加したいと言ってきたのだ。

環ちゃんも美人さんなので出演はもちろんＯＫ。折角乗り気なのだから、県内でもトップクラスの頭脳を生かして、アイデア出しや企画・演出にも参加してもらうことにした。

「さて、それじゃあ兄貴が帰ってくるまでに配信の方向性を決めますか」

「えっ、異世界の様子を撮るって――」

「一口に異世界と言ってもコンテンツはたくさんありますよ。歴史や街並みといった文化系統の真面目路線に、グルメや魔道具紹介とかのややエンタメ路線。異世界の動植物を狙ったドキュメンタリー系……」

むむ。ずいぶんと悩ましい。

唸《うな》るおれに意見をくれたのはクリスだ。

「聖都《せいと》に移動するまでの街並みが楽じゃない？」

「そ、それはそうなんだけど」

クリスの場合は自分を裏切ったパーティメンバーや国の上層部に復讐したいのがはっきり見えるからなぁ。できればそんなの忘れてほしいんだけど。

「そもそも聖都ってどんなところなんですか？」

「白亜《はくあ》の城壁の中に三万人を超える信徒が住む大きな都よ。中央の大聖堂は城壁からでも尖塔《せんとう》が見える立派な建物で――」

クリスから語られる聖都の話を総合すると、城壁の中にイタリアみたいなレンガ中心の建物が多いそうだ。屋根同士がくっついていたり板で橋を渡している建物が多いと聞くとそれだけでわくわくしてしまう。

中央の大聖堂は地球で言えばノートルダム大聖堂みたいなものだろう。

「大聖堂の尖塔には人よりも大きな鐘《かね》がある。建国時に活躍した魔道具って言い伝えられてて、聖教国の象徴《シンボル》になってるわ」

海外に行ったことのないおれとしては目玉の観光ポイント……じゃない、配信ポイントである。

「聖都に着いたらいろいろ案内してほしい！」

「何言ってるの。聖都でお別れよ」

「エッ」

クリスは復讐が生きる目的になっているんだろう。ハッキリお別れだと言い切られてしまって二の句が告げなくなってしまった。

助け船を出してくれたのは環ちゃんだ。

ベッドの中で色々と喋らされた中に、クリスの事情やおれの気持ちも入っているので、それを汲《く》んでくれたのだろう。

「異世界に行く前にテスト配信してみましょうか。クリスさんもきちんと体調が戻ったか確認するのに良いんじゃないですか？」

「……それで大丈夫そうなら元の世界に戻してくれるの？」

「もちろんですよ。ね、あまねさん」

「うっ……分かったよ」

にっこりと微笑《ほほえ》んだ環ちゃんは、クリスに見えないよう指で輪っかを作ってくれた。

どうやら復讐を止めることも考えてくれているっぽい。

……仕方ない。ここは環ちゃんに乗っかるか。

年下の女の子に頼り切りってのもちょっとカッコ悪いけど背に腹は代えられないからね。

「それじゃ、配信スペース作って、なんとなくの台本を作りますか」

♀♡♀♡♀

「えっと、映ってる？」

物を片づけたリビングに、本格的なカメラが設置されていた。

中央にはおれで、右側がクリス、左が環ちゃん。操作をする裏方は大悟だ。

接続されたパソコンを眺めていた大悟がＯＫマークを作ったのを見て、さっそく初配信である。

「初めまして！　今日からこの三人で配信を始めるよ！　おれは新人サキュバスのあまね」

「アシスタントの環です」

「クリス」

簡単な自己紹介をしながら、おれとクリスが異世界から来たという設定を話していく。ちなみにクリスは異世界で身につけていたドレスアーマー姿である。

凛々しい姿はクールなクリスにぴったりで、見惚れちゃうほどに綺麗だった。

退屈じゃないかな、とも思うが、環ちゃん曰く「嫌なら飛ばすし、気になった人は後で観るので問題ない」とのことだった。美人同士のお喋りってだけでも需要は充分に見込めるらしい。

一〇分くらいかけてがっつり説明したところでいよいよおれたちの出番だ。

「……さて、そうは言っても信じられないと思うので、実例をお見せしますね」

「ほいほい」

魔力を体内でぐるぐる〜っとさせる。

――ぽんっ。

「どうですか皆さん！　サキュバス特有の羽根や尻尾、巻角《まきづの》ですよ！　ちなみに角の先っぽや尻尾の根本が弱点で――」

「ヴァッ!?　環ちゃん!?　何言ってるの!?」

「何って……あまねさんの弱点ですよ？」

「なし！　なしだよコレ！　センシティブなこと言ってるとBANされちゃうよ!?」

「ええ〜、モンスターの生態を語ることのどこがセンシティブなんですか〜？」

「ヴァッ!?　ズルい！　そういう意味じゃなかったよね!?」

「じゃあどういう意味なんです？」

くっ……！　言い返せない……！

「く、クリス、助けて」

「巻き込まないで」

ばっさりである。

くっそ～！　ベッドの中ではあんなに素直だったのに！

「さて、次は魔法ですね。クリスさん。室内で使えるもの、いくつか見せてもらえますか？」

「分かった」

炎や風を手のひらから出したり、抜き身の細剣《レイピア》に纏わせたりしていく。視聴者《リスナー》がどんな反応をしているのか——そもそも初回なので人がいるのかすら分からないが、何もないところから炎を出す姿は衝撃的だろう。

一応、面白い反応があったら、フリップ代わりのスケッチブックで大悟が教えてくれる手はずになっている。

「魔力操作も体調も問題ない」

だから元の世界に戻して、と言わんばかりのクリスに、環ちゃんが話題を振る。

「それじゃあ、トークタイムですね。異世界に移動するにあたって、気をつけないといけないことを訊ねたいと思います！　視聴者さんたちもどんどんコメントくださいね～！」

異世界と日本の違いや、異世界での暮らしなんかをどんどん訊ねる環ちゃん。

クリスも勇者として活動して慣れているのか、どんな質問にも淀みなく答えていく。

「一番衝撃的だった任務はなんでしょう？」

「……そうね。目の前で討伐目標のワイバーンが種族進化《レベルアップ》した時かしら。あとはヴィバガラドの駆除」

ワイバーンにレベルアップ、と何となく馴染み深い気がする単語に耳を傾けると、どうやら異世界のモンスターは多量の魔力を取り込むと進化することがあるらしい。

「亜竜種ですら人類にとっては強敵なのに、目の前で下級竜に種族進化されたからね……何度死を覚悟したか」

予備のスケッチブックに簡単なイラストを描いて説明してくれたけど、何故か超絶上手かった。

巨大な竜がブレスを吐く躍動感のあるイラストは、モノクロのラフスケッチながらプロレベルの仕上がりに見えた。

「う、上手い！　ナンデ!?」

「勇者のたしなみよ」

「……勇者とは一体」

「教養がないと国の象徴にはなれないのよ」

ほえぇぇ。改めてすごい。

「ふむふむ。機会があればワイバーンも撮影したいですけど、命懸けっぽいですね。それじゃ、ヴィバガラド、というのは？」

クリスが描いてくれたスケッチは、誰がどう見てもミミズだった。これが衝撃的な任務……？

「えっと、もしかして電信柱くらいでっかいとか？」

「手のひらサイズね。ただ、増えるのよ――人の体内で」

「ひぇっ」

「あっ」

おれと環ちゃんが同時に引くが、クリスは淡々と説明を続ける。

「傷や口から入って、体内を食い荒しながら増えると宿主の脳へと移動するのよ。そして操って次の宿主に襲い掛からせるの」

「そ、それって……」

「糞尿をまき散らし、少しずつ腐りながら徘徊して――」

「ゾンビじゃねーか！」

ウイルスかミミズかの違いしかないよ！

「ぞんび……は知らないけど、ヴィバガラドの大増殖に巻き込まれた村の殲滅任務がキツかった」

「ち、ちなみに生き残りは？」

「一名だけ」

寂しそうな表情のクリスに、きっと一人でも多くの人を救おうとしたであろうことが容易に想像できてしまった。自分も噛まれればゾンビになってしまう可能性だってあっただろうに。

勇者だからってそんなところに向かわねばならないのも大変だけれど、それでもなお、誰かを救おうとするクリスは本当にすごい。

だからこそ、裏切られたショックも大きいんだろうけれど。

「あまねさんあまねさん」

「エッ？　何⁉」

「聞いてました？」

「もろちん！　じゃなかった、もちろん！」

「私たち、ゾンビ虫《ヴィバガラド》が出るようなトコ、本当に行くんですか？」

「あっ」

思わずクリスを見てしまったけれど、これで異世界行き中止とか言ったら刺されるよな……。

微妙な空気になったところに、大悟がフリップを掲げてくれた。そこに書かれているのは『初コメント』の文字である。

「おお！　コメント！　視聴者さんありがとう！」

「じゃあせっかくだから読んでみますか。えーっと、『もっと細かい紹介がほしい』ですか」

「いいですねー。せっかくだからスリーサイズとか公表しちゃいます？」

「すりぃさいず……？」

頭の上にハテナを出してるクリスはおそらくBカップくらい。勇者として活動してたから運動量が多すぎるのと、異世界の食糧事情があんまり良くなかったせいだろう。

ちなみに環ちゃんは大きい。

本人曰くEカップとのことで、良い感じの質量と柔らかさが……ってイカン。思い出したらお腹が減ってきてしまった。

「まぁでも恥ずかしいのであまねさんだけにしますか。あまねさんはだいたいCカップくらいありますよ」

「ヴァッ!?　なんでおれだけ公開!?」

「私もクリスさんも女の子なんですよ？　そういうの恥ずかしいんですって」

ぐぅっ……そんな言い方されると男のおれとしては言い返せない。

言い返せないけど納得いかない。

「それから年齢ですね。私はぴちぴちの女子高生で一七歳です」

「死語ェ……二一歳？　あっ、でもサキュバスとしてはまだ生後一か月以下、かな……？」

どう数えれば良いんだろ。

「私も一七歳よ」

「クリスさんの過ごしていた異世界は数え年なので日本換算で一六歳ですね」

それなりに見てくれる人がいるのか、それとも一人が大ハッスルしているのか質問がちょこちょこ飛んでくるので答えていく。

だいたい九〇分くらいは配信しただろうか。ちょっと疲れてきたところで大悟から「クロージングっす！」と書かれたフリップが挙がった。なんで文字まで下っ端言葉なのかね大悟は。

「さて、それでは時間も良い感じですのでそろそろ閉じたいと思います。あまねさん、最後に一言」

「ヴェッ!?　おれ!?」

「あまねさんのチャンネルなんですから当たり前じゃないですか」

「えーっと、まだまだ始まったばかりだけど、異世界のこととか魔法とか頑張って配信してくから！あと、チャンネル名とかファンネームもまだ決まってないので募集中。応援よろしくね！」

おれと環ちゃんで手を振ると、空気を読んでクリスも何となく手を振ってくれた。

「はい、お疲れ様でしたっす！」

大悟の声を合図に座り込む。

ふぅ……疲れた。

「各種ＳＮＳや宣伝は私に任せてください。兄貴はショート動画とか切り抜きの編集ね」

「了解っす」

それぞれが動き出したところで、クリスに肩を掴まれた。

「元の世界。帰して」

「うっ……はい……ちょっと休憩したら」

「駄目。今すぐ」

「ヴェッ⁉　いや、でもその、」

「約束したでしょ？」

おれとクリスの不穏な空気を感じてか、環ちゃんが助け舟を出してくれた。

「もちろん異世界に行きますけど、あまねさんも配信で魔力使ったのでちょっとチャージが必要なんですよね？」

「そ、そうそう！」

「クリスさんにも色々教えますから、寝室に来てください」

「ヴェッ⁉　待って⁉　あっ、クリス⁉　なんでおれを担ごうとしてるの⁉」

「大丈夫。勇者訓練でも新しい物事を覚えるのは得意だったから」

「だ、大悟っ！」

「自分はノートパソコンなんで、実家に戻ってるっす。終わったら連絡してほしいっす」

「う、裏切り者ぉ！」

おれの悲鳴に大悟が鋭い視線を向ける。

「むしろ裏切ってるのは先輩っす！　クリスちゃんみたいな美人に、環だってひいき目なしで可愛い方っすよ？　据《す》え膳《ぜん》状態で何が不満っすか？」

「おれが美味しくいただかれてることだよ！」

「はいはい惚気《のろけ》っすね惚気」

おれは寝室に引きずり込まれた。

クリスにはそっちの知識がほとんど無かったこともあって、サキュバスの本能全開でけっこう戦えたと思う。魔力のためなのは分かってるけど「私は関係ありません」みたいな態度で事務的にってのはギルティだもんね。

でも多勢に無勢なこともあって、最終的にはおれも意識を失わされました。

二人掛かりは勝てないよ。ぐすん。

TSロリサキュバスの健全配信活動!

# 三章
# 異世界旅行記、配信中

カメラの前。おれとクリス、そして環ちゃんが服装や髪型の最終チェックを終える。

カメラ係の大悟にゴーサインを出すと、大悟はグッと親指を立ててパソコンをいじり始めた。

あれから何度かテストをして、今日はとうとう異世界での配信デビューだ。環ちゃんが色々作戦を立ててくれたこともあって登録者の伸びは順調そのもの。すでに一〇〇〇人近くの登録者がいる。

おれたちが居座っている大悟の部屋で撮った自撮りにスナップ写真などの画像系。

レンタルスタジオとかレンタルルームで撮った『歌ってみた』『踊ってみた』等の動画系。

環ちゃんプレゼンツで大悟が編集してくれた動画は各種ＳＮＳに投稿され、拡散され、びっくりするほどバズった。

呼吸を忘れてしまうほどの美人であるクリスはもちろん、ロリサキュバスなおれも意外にも人気らしい。

一番多いのは男性からの反応だ。キリッとした自撮り写真（笑）とともに「会いたい」「付き合わないか」みたいなメッセージが来たり、住所や彼氏の有無を聞かれたりしたらしい。対応は大悟に一任しているので詳しくは知らない。

その次に多いのは若い女の子！　女の子だそうです！

メイクのコツや使っている化粧品のメーカーを聞かれたり、コスプレ系のコラボをお願いされたりしているらしい。

こちらは環ちゃんが考えた文面で丁寧に断りを入れてある。

「あまねさんもクリスさんも美人ですから当たり前です」

環ちゃんは予測していたのかケロッとしていたけれど、一番バズったもので表示回数《インプレッション》が一〇万回を超えたと聞いた時は思わず変な声でちゃったよ。

ちなみに某巨大掲示板にはおれたち用のスレッドまで立って賑わっているらしい。

「ふー……緊張する」

「大丈夫ですよ。あまねさんはぽんこ……コホンッ。普段通りの方が魅力的ですから」

「い、今ぽんこつって言おうとしたよね!?」

「あははは」

「せめてちゃんと誤魔化してよ!?　っていうか環ちゃんは平気なの!?」

「ディベートとかディスカッションとかでは負けたことないですから」

高校の授業だろうか。余裕ありげな笑顔を見る限り、ひとかけらも緊張していない様子だ。

「く、クリスは……?」

「演説なら慣れてる。勇者だったもの」

「そ、そうだった……!」

勇者として活動していたクリスは万を超える軍勢の前で演説したり、偉い人と会食したりと緊張には慣れているらしい。

何で緊張しているのがおれだけなんだよ……!

謎の敗北感を覚えて明後日の方向に視線を向ける。そこは人の手が入っていない森が広がっていた。

生い茂った樹木や草花は見覚えのないものばかりだ。おれが植物に詳しくないのもあるけれど、地球にはない種類のものも含まれているんじゃないかと思う。

そう、おれたちはすでに異世界に来ていた。

クリスや環ちゃんと口にはできないようなことをして、魔力をチャージしたおれが転移魔法で皆を連れて来たのだ。

実際は昨日の昼間に転移してきたんだけど、魔力切れでへろへろになってしまったので配信は今からだ。転移魔法に魔力をごっそり持っていかれたけれど、二回目で慣れもあるのか気絶まではしなかったし、環ちゃんとクリスにがっつり回復させてもらったので今は元気だ。

……やりすぎちゃってクリスにちょっと怒られたけど。

いやでもそういうことをほぼ何も知らないクリスを責めるのは、非常に魔力回復の効率が良くてですね。

背徳感とか征服感とかでゾクゾクしちゃうわけですよ。そのあと環ちゃんとタッグを組まれてゾクゾクさせられちゃったけれど、どっちにしろ魔力は回復するから良いってことにしとく。

そうだよ、損はしてないから良いんだよ！　チクショウ！

おれが尊厳《そんげん》を踏みにじられたことを思い出して落ち込んでいると、大悟が手をあげた。

「準備完了っす。視聴者が増えるまで待機中っすよー」

カメラを繋いだノートパソコンは、そのまま動画投稿サイトに繋がっている。

異世界にいるけれど、なぜか普通にスマホとかパソコンのネットが使えるのだ。異世界だし普通に無理だと思っていたのでびっくりである。

録画・編集したものを流すつもりでこっちに来たら、スマホの電波もバリバリだったもんね。ライブ配信できるのは編集の手間がなくなるのでありがたい。

ちなみに文字も通じる。俺もこっちの文字が普通に読めるし、クリスも日本語の読み書きは完璧である。ゼリエール聖教国で使っていたものとは違う言語だが、普通に読めるし普通に書けるとのこと。

そもそも、クリスは普通に日本語喋ってるもんね……。

日本語は習得が難しいなんて聞いたことがあったけれど、勇者とか転生者だし、チートの類《たぐい》だろう、とおれは勝手に納得している。環ちゃん辺りは難しい顔をして考え込んでいたけれど、結局原因は解明できていない。

録画とかじゃなくてライブ配信だと投げ銭《スパチャ》も期待できるし視聴者さんからのコメントを拾ったり反応したりもできるもんね。ちなみにコメントはおれの手にあるタブレットに映してもらう手はずになっている。

「おっ、すごい勢いで視聴者増えてるっすね」

「ふふん。クリスさんのぴしっとした綺麗さとあまねさんのぽん――天然な可愛さ！　このくらいは当然ですよ！」

「なんで環ちゃんが誇らしそうなのさ。っていうかまたぽんこつって言おうとしたでしょ」

「さぁ、配信はじまりますよ！」

「だからせめて誤魔化す努力はしてよ!?」

おれのツッコミも空しく、大悟が指で三カウントを取り始めてしまった。
三、二、一――……
「初めまして、新人サキュバスのあまねだよー！」

「クリス。元勇者だ」

「環ですー。せーの」

「「「こんキュバス～！」」」

三人そろってカメラに手を振れば、手元のタブレットにコメントが映されていく。

**『こんキュバス』『わこつ』『かわゆし』『あー癒し』『【¥1919】ふぅ』『あまね可愛い』『【¥4545】クリスたんに睨まれたい』『こんキュバス』『マジで可愛い』『美人だ』**

なんか意味深な金額ばかりだけど投げ銭も貰えたの良しとする。挨拶コメントの波が収まったところで司会役の環ちゃんがトークデッキに従って流れを作る。

「スパチャありがとうございます！　皆さんのスパチャがあまねさんのご飯になり、あまねさんの飲み物になり、あまねさんの下着を買うお金になります！」

「エッ!?　いや、合ってるけど何でおれ限定!?」

「ちなみに今日のあまねさんは白と水色のしましまですよ」

「ヴァーッ!?　環ちゃん!?　お風呂の後で下着まで指定したと思ったら！」

「はい、本人からの自白も入りましたよー」

**『草』『おれっ娘たすかる』『開幕ぱんつの柄を暴露されるあまねｗｗｗ』『さすがに可愛そう』『【￥10721】新しいぱんつの代金』『ｈｓｈｓ』『環って根っからのいじめっ子だよな』『【￥1919】ぱんつたすかる』『おれっ娘てぇてぇ』『ひでぇ配信だｗｗｗ』**

「こ、この変態どもが！　サイテーだぞお前ら！」

思わずカメラを指さして罵倒《ばとう》してしまったが、何故かお礼コメントがたくさん流れる。

スパチャも増えてウハウハのはずなんだけど、納得いかない……！

初回からかなり濃ゆい気配がするが、コメント欄が盛り上がっているのには間違いない。

**『環がいじめっ子過ぎて草』『これガチ？　さすがに台本あるよな？』『台本無しで穿いてる下着暴露はデジタルタトゥー待ったなしだろ』『いや、あの反応はガチ』『しましまたすかる』**

「はい、今コメントからも質問が飛びましたが、この配信についての説明です。あまねさんどうぞ」

「こここっ、この配信は、えっと……ロリサキュバスのおれと元・勇者のクリスが元々いた異世界についてアレコレ実況する配信でしゅっ！」

カンペを見ながら伝えるが噛み噛みになってしまった。

「フェイク動画なのか実際に異世界にいるのかは個人の判断に任せますので、質問や議論はしないようにお願いします」

舌を噛んで悶絶《もんぜつ》しているおれの横で、環ちゃんがアドリブで補足してくれた。ちなみにクリスには台本ありの台詞はない。乗り気じゃないのを付き合わせているだけだからね。

代わりに異世界のことを色々訊ね、答えてもらう手はずになっていた。

「さて、見ての通り私たちは森にいます。ただの森ではなく異世界の森です」

「といってもどこら辺にいるのかおれたちもよく理解してないいんだけどね」

「ゼリエール聖教国の外れにある森よ。魔族領との緩衝地帯《かんしょうちたい》ね」

クリスが補足してくれたけれど、そもそも異世界の国とか土地とかサッパリなので頭の上の疑問《はてな》符は消えない。

地図でもあれば違うんだろうけど、精密な地図はかなり重要な軍事物資になるらしい。

勇者だった時のクリスですら私有はしていなかったので仕方ない。

「さて、しましまぱんつで異世界に降り立ったあまねさん」

「ヴァッ!?　な、何!?」

「せっかくの異世界ですからしましまぱんサキュバスモードになってみましょう」

「お、おう……いや待って!?　ぱんつ関係なくない!?」

「ほら、良いから良いから。視聴者さんも待ってますよ」

「早くして」

クリスまで面倒くさそうにおれを急かすので、仕方なく体内の魔力を練っていく。

ぽふん、と謎の煙があがり、おれの身体に尻尾と角、そして翼が生える。そのままふよふよと浮かび上がればコメント欄も大盛り上がりだ。

『SNSの画像と一緒だ！』『本物にしか見えねぇ』『KAWAII♡』『てぇてぇ』『CG？　ワイヤーアクション？』『かなり金がかかってるよな』『そもそも肌の質感を考えるとCGで作るためには――……』『ワイヤーで吊って消すだけなら――……』『でも突然現れたのに合成っぽくないんだよな。影までしっかりあるしリアルタイムで物理演算して投影――……』

考察勢が長文投稿を始めたところで環ちゃんがぱんぱんと手を打つ。

「はい、考察はそこまでー。現実《リアル》でも虚構《フィクション》でもクリスさんやあまねさんは超可愛いです。異論はありますか？」

『ヴっ』『正論で顔面をぶん殴られた』『てぇてぇからどっちでもおk』『環に叱られた幸せ』『異論ないです！』『しんりをさとされた』『すき』『環もかわヨ』『おす』『かゆ　うま』

何で少しずつ知能指数が下がってるのかは疑問だけれど、視聴者さん的にはこれで納得らしいので良しとする。最後の一人はゾンビになってそうな気配もするけど。

「さて、今日の……というか、これからの予定を案内しますね」

「これからおれたちは異世界旅行にいくんだ。目的地はクリスがいたゼリエール聖教国」

ぱちぱち、と手を叩いたところでざっくりな概要説明を始める。

今回の配信は朝八時から夜の十時くらいまでず～っと配信するものだ。

異世界でバズるコンテンツが何なのか想像がつかない……というよりもほぼ全てバズるんじゃないかと予想を立てたので、全て配信してしまうことにしたのだ。

「これからゼリエール聖教国の聖都――いわゆる首都まで向かいます。道中、アウトドア的なことをしたりモンスター狩りをしたり、村や街に立ち寄ったりもします！」

「基本的には観光メインで、クリスに解説してもらいながら進む予定だからお楽しみにね！」

ちなみに一番キツいのは大悟とおれだ。

大悟は予備バッテリーを併用してほぼずっとライブ配信をして、おれたちが寝ている間に切り抜きやショート動画を作る手はずになっている。

「先輩の保険金で外注することも考えたっすけど、ナマのデータ渡して万が一があると困るっすからね」

どうしてもだったら動画編集は後回しで良いって言ってあるけど、なんか妙にやる気になっていた。

「先輩がバズったらリーリアちゃんとのコラボも見えてくるっすからね！　そしたら生リーリアちゃんと生握手できるっすよ！」

「リーリアちゃんって大悟が推してるブイチューバーだったっけか。っていうか生握手……？」

「ナマとかキモ……死ねばいいのに」

環ちゃんから辛辣な一言を受けて撃沈していたが、要するに推しの配信者とコラボができるようにおれを育てるというか、援護するというか、マネジメントしてくれるらしい。

欲望まみれなのはどうかと思うが、それでもキツい作業を引き受けてくれたことには代わりないので感謝はしておく。

ちなみにおれがキツいのは、地球と異世界をほぼ毎日行き来することになるからだ。

パソコンやバッテリーの充電。着替えの準備や洗濯。それから食事におれの魔力補給と、異世界の森で野営したままだと色々不都合があるのだ。
三、四日に一回くらいで充分な気もしたんだけど、ナチュラル・ボーン・スパルタなクリスの後押しもあって基本は毎日、ということになった。
「使えば使うほど魔力が伸びるなら、やらない手はないでしょ。勇者訓練の時は剣一本渡されて雪山に放り込まれたりしたわよ？」

「勇者と一緒にしないでよ……おれって発生《うまれ》したてのサキュバスだよ？　生後一か月以下だよ？」

「あまねさん。さすがにその年齢カウントはズルくないですか？」

「ズルくないよ。事実だもん」

皆からジト目で睨まれたけれど実際そうなんだからしょうがないじゃん！

何はともあれ配信開始だ。

魔力を含んだ植物や、一般的な平民の暮らしぶりなんかをぽつぽつ話しながら畦道《あぜみち》を歩いていく。

そのままでは飽きてしまうんじゃないかと危惧《きぐ》していたが、全然そんなことはなかった。

翼をパタパタしながら浮かんでいるおれ。

クリスに実演してもらう魔法。

時折草むらから現れるモンスターや、地球には絶対いない色合いの植物。

そういうのを映すだけでも充分らしい。

「おー！　コメント欄より掲示板の検証スレが盛り上がってますね」

「そんなのもあるの？　おれも見たい！」

「……見ない方がいいですよ。今は各自のバストサイズ考察で盛り上がってますから」

「あー……なんか分かる気もするけど」

おれも視聴者だったら嬉々として参加しているだろう。

もにゅ、と自分の胸を服の上から揉むと、環ちゃんの歩みが止まった。

「現状だと一番大きいのは環ちゃんだけど、おれもけっこうおっきいんだよな」

クリスは非常に控えめだけど、おそらく勇者として厳しい訓練とか激しい戦闘をしすぎなのだ。その証拠に、出会った頃よりも今の方がちょっと大きくなっている。

日本の栄養満点な食事と、毎晩の刺激のおかげだろう。

「……あの、あまねさん？」

「何？」

「まさかとは思いますが、ノーブラですか？」

「うん。さすがにブラはちょっとね」

おれが応えた瞬間、コメント欄がバグった。

『くぁwせdrftgyふじこlp』『エッッッッッ』『これは間違いなくサキュバス』『配信から3：44のとこ、まさか……な』『ガチすぎるやつおる』『【¥4545】ごちそうさまです』『さすがサキュバス』『さすサキュ』

とんでもない勢いでコメントが流れていく。

「クリスさんちょっとストップです！」

「……どうした？」

「そこの茂みに行ってきます！」

環ちゃんに茂みに連れ込まれて滅茶苦茶説教され、何故か環ちゃんが持っていた予備のブラをその場でつけさせられた。

「まったく。お色直し用にあまねさんの服を一式持ってきてなかったら危ないところでしたよ」

「何か締め付けられてて落ち着かないんだけど」

「そのうちしてない方が落ち着かなくなりますよ。あっ、折角だから縛られてるって思い込んでみてくださいよ」

「ヴァッ!?」

「魔力がむらむらと湧いてくるかもしれませんよ？」

「……あっ」

ちょっとじわってなった。

違うんだよ！　これはサキュバスの本能だから仕方ないの！　おれのせいじゃない！

「っていうかぱんつは恥ずかしい癖してブラジャーは気にしないんですか？」

「いや、そもそもこれは健全な配信だからね？　ぱんつとかブラとかって言葉が飛び交ってるのがおかしいんだよ？」

コメント欄も含めてほぼ全員から否定された。

解せぬ。

♀　♡　♀　♡　♀

歩き疲れたら回復魔法をかけて再び歩く。それを何度か繰り返したところで、畦道の外れに幌《ほろ》付きの馬車が止まっているのが見えた。

「およ？」

「何でしょ。休憩？」

「いや、馬車ならもう少し拓けた場所に止まる。何かあったんだろう」

サキュバスの特徴をしまってから近づく。中にいたのは男女二人とちびっ子の三人組だった。

おそらくは親子だろうが、ちびっ子は顔を真っ赤にして横になっていた。

「……熱か」

「ッ！　た、旅人ですか！　リゼル草の煎《せん》じ薬を持っていませんか!?」

馬車にいたのは行商を営むクリードさん一家。奥さんと息子を連れて旅をしながら商売をしていたのだが、息子さんが急な発熱に倒れてしまったらしい。

「馬車を動かすと水も食べ物も吐き戻してしまって……脱水が怖くて動かせないのです」

「今は従業員にリゼル草を探しに行ってもらっていますが、この季節じゃあ……！」

ふたりそろって息子さんを見ながら涙ぐんでいた。

息子さんはおそらくまだ小学生くらいだろう。かなり消耗しているらしく、眠っているが、呼吸するだけでも辛そうだった。

「ふたりも少し休んで」

「し、しかし……！」

「こんな時に休んでなんていられません！」

「息子さんが起きた時にふたりがフラフラだと心配する。環、あまね。看病を頼める？」

「良いけど、クリスは？」

「……日当たりが悪くて寒いところなら、もしかしたら生えてるかもしれない。探してくる」

ぐっと立ち上がったクリスだが、環ちゃんがポンと手を叩く。

「その前に試してみたいことあるんですけど……あまねさん。回復魔法とかって効果ないですか？」

「エッ!?」

「ほら、サポート系が得意なはずなんですよね？」

確かにサキュバスはサポートメインの魔物だ。どうにかならないか身体の中で魔力を捏《こ》ね繰り回してみる。

「あっ……」

何か出来そうな気がする。

本能に従って魔力を練り上げ、そして発動。

「【浄化《クリア》】」

銀に紫を溶かし込んだような色合いの魔力がちびっ子を包んだ。身体の中に染み込んでいこうとするが、少しだけ抵抗を感じる。

風船に空気を入れる時、少しだけ押し戻されるような感じだ。

「ん、んんっ……！」

ぐぐっと魔力に力を籠めると、唐突に抵抗がなくなり、魔力がドバドバと注ぎ込まれた。どうやらおれが押し流したものが病魔だったらしく、ちびっこの顔色は見る間に良くなっていく。

「……本当にデタラメね。なんなのその魔法は」

「エッ!?　いや、なんか出来ないかなって思ったら、頭に浮かんで……」

「納得いかない。どうしてそんなので使えるようになるのよ」

クリスが唇を尖らせて拗《す》ねるけれど、種族特性に転生チートが足された結果なんじゃないかな。結果的にちびっ子も助かってるわけだし、怒らなくてもいいじゃんか。

何はともあれちびっ子は元気になった。安らかな寝顔を見る限り、辛いとか苦しいとかもないようである。

おれたちはクリードさん一家にしこたまお礼を言われて、ちょっと遅めのお昼ご飯をごちそうになることになった。

『異世界飯！』『おー、良い感じだな』『第一イベントクリア！』『ぽんこつの癖にあまねが使える……だと』『落ち着け、ぽんこつと無能は違う』『【¥10000】キリッとした顔のクリスたんに命令されたい』『俺は踏んでほしい』『変態ばっかで草』『睨まれるのが至高』

本当は奥さんと旦那さん、そして戻ってきた従業員さんで作る予定だったみたいだけれど、クリスが阻止していた。

「一緒にいてあげて。ご飯なら作るから」

確かに、いくら治ったとはいえちびっ子は病気で消耗している。両親が側にいてあげた方が良いだろう。

干し肉や日持ちする根菜、そして穀物類をもらって料理開始である。

「はい、撮れ高ですからねー」

「ぐぬぬぬ」

エプロンを装備するとカメラの前に並ぶ。おれは薄紫で、クリスは深紅、環ちゃんは濃紫だ。フリル付きなのが気に入らなかったけれど、撮れ高だとのことで我慢である。実際コメント欄は大賑わいだし。

道中、クリスが倒してゲットしておいた一角ウサギの肉と皮をむいた根菜と一緒に煮込んでシチューを作る。

異世界料理って基本的に素材の味で美味しくないんだよ……。

配信をアウトドアっぽくするために市販のルゥとかは持ってきてないけれど、結構色んな食材を持ち込んでいる。

牛乳で煮込んでからコンソメをざざっと入れて、最後に胡椒を削ろうとしたけれど「クリード一家に心労をかけるから」と止められてしまった。中世ヨーロッパでもそうだったように、異世界でも胡椒は高価な品らしい。

ついでオートミールを煮込む……予定だったんだけれど、美味しくないから、と環ちゃんが持ち込んだコーンフレークを取り出した。

牛乳はシチューに使ってしまったのでヨーグルトとダイスカットのドライフルーツをトッピングして完成だ。

「な、何か異世界っぽさが薄れていくような……！」

「いや、オートミールって本当に美味しくないんですよ。試しに食べてみます？　私は絶対に御免ですよ」

「あまねの世界のものなら、栄養価は高いんでしょう？」

「エッ、うん。それはそうだけど」

子供の朝ご飯になることが多いものだし、バランスよく色んなものが入っていたはずである。

「なら病み上がりには丁度良い。オートミールは長く煮込まないと消化に悪いから」

「そっか」

「……？　何かおかしい？」

「いや、そんなことないよ。クリスは優しいなって思って」

おれの言葉にクリスは口を思い切りへの字に曲げていた。

「……普通よ」

♀　♡　♀　♡　♀

遥か彼方の山脈に日が沈んでいく。

「おねーちゃーん！　またねー！　ありがとー！」

ガタゴトと進む馬車の荷台からちっちゃな男の子が手をぶんぶん振りながら声を張り上げていた。

……クリスに。

あのエロガキ、絶対クリスに惚れてただろ。ちらちらクリスを見て顔を赤くしてたし！

「あまねもまたなー！」

「おー、またなー！」

何故かおれのことは呼び捨てである。

解せぬ。

まぁでも元気になってくれたから良いか。ちょ〜っと元気すぎる気もするけどな。

「あまねさん？　なんか怒ってます？」

「別にー」

「あの子にスカート捲《めく》りされたことを根に持ってます？　それともチビって言われたこと？」

「おれは大人だからそんなんじゃ怒らないし」

ちなみにスカート捲りをした後は、クリードさんに捕まって滅茶苦茶お尻を叩かれてた。泣きながら謝られたので許したけれど、懲《こ》りないというか学習しないというか。

それからも捕まえた芋虫をおれに見せつけてきたり、花をおれに渡してきたりと反省の色はなさそうだった。

「あはは。ちびっ子ですし仕方ないですよ……私はちょっとだけ分かるなぁ。好きな子をイジメちゃう気持ち」

「ヴァッ!?　あのがきんちょが気にしてたのはクリスでしょ!?」

「クリスさんのこともよく見てましたけど剣も魔法も使えてかっこいいから憧れてたんじゃないですか？」

なるほど……？

「まぁ確かにクリスはかっこいいからな。うん、それなら気持ちは分からんでもない」

「何で微妙にドヤってるんですか……まぁそんなわけであのちびっ子の初恋はおそらくあまねさんですよ？」

「……なんか、それは悪いことをした気もする」

だっておれ、男だし。

何かこう、性癖を歪めてしまったというか……うーん。まぁ気付かなければ問題ないのか……？

もう会うこともないだろうし。

夕方まで馬車に乗せてもらったので、おれたちはかなり快適に過ごすことができた。

クリードさんたちは遅れを取り戻すために夜も少しずつ進むらしいけれど、おれたちはそこまで急がないのでお別れだ。

というか日本に戻りたいし、サキュバス的な意味での栄養補給もしたい。

ずっと一緒なのはちょっと困る。

一応、日本に戻る前に野営の準備だけはすることにした。朝になって誰かとバッタリ会った時に何も無いと怪しまれるだろうからね。

拾って来た薪を星型に組みあげると、クリスが魔法で火をつける。一瞬にして膨れあがった炎は煌々《こうこう》と辺りを照らした。

夕飯もまだだけど気分的には今日の総括《そうかつ》である。

「疲れたー」

「歩き詰めでしたからね」

「そう？　午後は馬車だったから楽だと思うけど」

「クリスは慣れてるからね。おれたちは普段一キロも歩かないもん」

「まぁでも、良い感じに見せ場がたくさん撮れましたね」

「魔法も結構撮ったよね！」

「クリスさんがメインでしたね」

「途中でモンスターも現れたし！」

「クリスさんが倒してくれましたね」

「く、クリードさん一家の時はおれが活躍したぞ!?」

「はいはい、すごいすごい」

「ぐぬぬ……！」

仕方ないだろ!?

おれも環ちゃんも日本生まれの日本育ちだぞ!?

鋭い角が生えたウサギとか、角が剣みたいになってる鹿とかをどうにかできるわけないじゃん！

普通の鹿だって倒せないよ！

奈良公園に行っても鹿煎餅をカツアゲされる未来しか見えないよ！

まぁそんなわけで視聴者さんたちは入れ替わり立ち代わり、いつでも結構な人数がいる。

あんまりコメント拾えてないんだけど、視聴者同士で雑談とか考察しながら楽しんでくれているみたいなので一安心だ。

「さて、ある程度野営の目途《めど》が立ったので料理しながら今後の方針を話しますか」

本当は寝袋とか簡易テントとかも買ってあるんだけど、転移魔法の容量的な関係で運んでこられなかったからね……往復しようにも魔力が足りないし、まさか転移直後から色々致す訳にはいかない。

魔法を使いまくっていれば魔力量もあがりそうな気配がしてるので、何度か頑張ればきっと往復も楽にできるようになるだろう。

異世界と日本の品で貿易して、利鞘をザバザバ稼ぐとか異世界転生と異世界転移の基本だし！

何の基本かは知らないけど。

「それじゃあクリスさんの異世界クッキングですね！　解説お願いします！」

「……殺傷鹿《キリング・ディア》のもも肉を焼くだけよ」

ちなみに殺傷鹿《キリング・ディア》は剣鹿《ソード・ディア》の進化した姿だ。タイミングが悪かったのか、おれたちの目の前で進化を開始したのだ。角がメキメキいいながら伸びたり、身体が倍近いサイズになったりしたのはびっくりだった。

「ダーウィンも真っ青ですよね」

「だーうぃん？　とやらは知らないけど、進化はだいたいあいうものよ」

鹿肉をナイフで適当に切り分けていく。適当に払った枝に刺していくと、焚火に翳《かざ》していく。

「名付き《ネームド》になるならともかく、普通の進化ならそれほど恐れることはないわ」

「名付き《ネームド》……そういえば、出会ったばかりの頃、おれにそんなこと聞いてたような？」

クリス曰く、名付き《ネームド》とは種族名ではなく固体としての名前を持った魔物のことらしい。基本的には長い時間をかけて進化した固体で、魔物自らが名乗るからすぐに分かるとの事だ。

「神話や伝承レベルの話よ。まともな討伐記録はないんじゃないかしら」

「なるほど……自分で名乗れるんですか。そりゃ手ごわいですね」

「何で名乗れると手ごわいのさ？」

「いいですか。名乗れるってことは、『自分って誰だろう』とか哲学的なことまで考えられる知性があるってことです。さらに言えば、人に名乗れるなら、人語を理解して操ることもできるわけですよ」

「うっ……」

おれより頭良いかもしれない……！

「ただでさえ強い力を持つ魔物が罠や嘘、フェイントを使ってきたら怖くないですか？」

「確かに……」

「環の言う通りね。眉唾だけど、聖教国の建国神話にも死を司る名付き《ネームド》が出てきたはずよ」

興味なさそうに捕捉したクリスは、持ってきた調味料をささっと振りかけた。保存用のハーブと相まって良い匂いが漂い始める。スープはお湯を注ぐだけのインスタントで、あとは飯盒でお米を炊いておにぎりにする予定だ。

日本人としてこれだけは譲れない。

ぱちぱちと焚火が爆ぜる。鹿肉がじわじわ焼けていって、見た目にも美味しそうな感じになっていく。

「飯盒は蒸らすのにもう少しかかりますけど、何か話しながら食べますか？」

「そうね。固くなっても微妙だし」

「おおおっ！　美味しそう……！」

「……そんな大したものじゃないわ」

「そんなことないよ！」

じわじわと焼けて脂が滴る串焼きはすっごく美味しそうだ。

何よりも生まれて初めて食べる美少女の手料理である。これでテンションが上がらなかったら男じゃないだろう。

「うひょー！　楽しみ！」

「……まぁ良いけど」

カメラをズームしてじりじりと焼ける肉をドアップで映す。焚火の爆ぜる音と肉の焼ける音で暴力的なまでのASMRになっているだろう。

その証拠にコメント欄も――

『あまねテンションあがりすぎじゃね？』『花より団子のお年頃なんだろｗｗｗ』『【¥2525】クリスたんタジタジで可愛い』『キラキラおめめで見つめられたらそりゃね』『なんか草』『あまねってお菓子とか食べ物で簡単に釣れそう』『お巡りさんこいつです』『開示請求するか』

「なんでおれがディスられてるの!?　食べ物なんかにつられねーし！」

『草』『さすがに笑うわ』『よだれ垂らしながら言ってもな』『イキりロリてぇてぇ』『さすがに可愛いが過ぎる』『【¥1919】それじゃ串焼き要らないの？』

「い、要るに決まってるだろ!?　クリスがおれに焼いてくれたんだ！　絶対食べるからな！」

「……？　何やってるの？」

「な、何でもない！」

おれはかっこいい男になりたいのだ。年下の女の子にかっこ悪いところは見せられない。ましてやコメント欄にいじられているところなど見せられるはずもない。

「焼けたけど……食べる？」

「うんっ！　ありがとう！」

良い感じに焼けて肉汁が滴る串焼きを受け取る。香ばしさのあるいい匂いがおれの胃袋を直撃して、まだ食べてもいないのによだれが溢れてきた。

ぐっと我慢して周囲の様子を窺えば環ちゃんはすでにパクついていたし、画面外の大悟もあぐあぐ齧っている。

おれもさっそく貰おう。

「いただきまーす……はむっ」

噛り付くと同時にとんでもない量の肉汁がおれの口に流れ込んでくる。脂がしっかり乗っているというのにハーブや調味料のお陰でまったくくどさはない。

ぷりぷりの肉は、ぷつっと嚙み切れるのに適度な弾力と歯ごたえがある。いわゆる肉々しいってやつだろう。

キャンプとかアウトドアを満喫している感じがしてめちゃくちゃ美味しい。

「お、お代わりとかある……？」

「……あるけど」

「ください」

「まぁ良いけど」

まんざらでもなさそうな雰囲気だ。

手料理を振舞ってもらうだけでなくお代わりまで世話を焼いてもらえるとか……！

これってもしかして友達以上恋人未満ってやつじゃないのか!?

青春チックな雰囲気にこころなしかコンソメスープも甘酸っぱい気がする……！

『なんか感動してて草』『クリス美人だからな』『俺たちよりあまねの方がガチ勢なんだよなぁｗｗｗ』

『微妙に必死さを感じるｗ』

「う、うるさいな！　可愛い女の子の手料理だぞ!?　しかもめちゃくちゃ美味しいんだぞ!?　お前らだってお代わりするだろ!?」

『草』『大草原不可避』『ｗｗｗ』『気持ちは分かるけどｗｗｗ』『これはこれでてぇてぇ』『次はアーンだな』

焚き付けられてアーンしてもらうところを想像してしまったが、さすがにお願いできない……ちょっと悩んだけど怒られるのも嫌われるのも嫌なので我慢だ。

『へたれｗｗｗ』『クリスのことめっちゃ見つめてたｗｗｗ』『三度見くらいしてたしガチで悩んでただろコレｗ』『欲望に忠実』『さすがサキュバス』『ガチ百合の気配……！』

コメント欄が沸いてる気もするけど無視だ無視。

焚火に当たりながらはむはむと串焼きを頬張る。

異世界というか普通にアウトドアっぽいけど、良い感じである。

ちょっと離れたところに座るクリスに視線を向けると、串焼きを小さく齧りながらぼうっと焚火を眺めていた。

……やっぱりまだ復讐したいんだろうか。

「なぁなぁ。ちょっと相談があるんだけど」

『お?』『クリスはきっと押しに弱いぞ!』『ここは寝静まってからサキュバスのパワーを使ってだな』『元勇者だし返り討ちにあいそうだから素直に頼め』『初心《うぶ》そうだし普通に勝てそう』『いくらロリとはいえサキュバスだからな』『ベッド上では難敵』

「いや待って。まだ何も言ってないじゃん」

なんでおれがクリスを襲う方向で話を進めてるんだよ。

「クリスさ、実は勇者やってるときに国から切り捨てられちゃって」

かいつまんで事情を話す。おれが相談したいのは当然ながらクリスを復讐から解放する方法だ。

「どうすればいいかな？」

『聖教国を滅ぼせ』『クリスを裏切るとか絶許』『坊主死スベシ慈悲ハ無イ』『クリス可哀想すぎる』『昼間のモンスター狩りメッチャ強かったのに』『あんだけ強くなるには死ぬほど苦労しただろうな』『あ

の年ごろの女の子を使い捨てるとか人間じゃねぇよ』『隕石降らせよう』『破壊神召喚しよう』『とりあえず滅ぼしてから考えよう』

おれが知りたいのは復讐を止める方法だ。なんで皆して過激派なんだよ。

いや、気持ちは分かるけどさ。

『先にあまねたちが国を滅ぼしておけば復讐はできなくなるぞ』『ナイスアイデア』『サキュバスが国を滅ぼすってコトは……？』『いけませんそれ以上は配信できなくなってしまいます！』【¥50000】傾国のロリサキュバス期待』

何に期待してんだよおおお!!

っていうかそういう屁理屈《へりくつ》とか頓智《とんち》みたいなのじゃなくて、普通にアイデアをくれよ！

「クリスは日本ならまだ女子高生だぞ？　斬った張ったとか復讐なんて似合わないって」

『それは確かにそう』『でもそれを言うならそもそも勇者やらすなよ』『女子高の制服着てほしいな』『ブレザー希望』『セーラー服一択』『敢えての体操服』『変態しかいないｗｗｗスク水だろjk』『お巡りさんこいつです』『もしもしポリスメンした』『むしろ女子高生っぽいからこそ私服がイイ』『ナチュラルに全員ヤバくて草』

「まじめに考えてくれ。おれはクリスに復讐をさせたくないんだよ！」

思わず怒鳴れば、クリスとばっちり目が合ってしまった。

「何してるの？」

「アッ、いやその、えっと」

「貸して」

コメント欄が開かれたタブレットを奪われる。スクロールしていき、ささっとそれを確認するにつれて、凛としたクリスの視線が険しくなっていく。

「あまねには関係ないでしょ」

「か、関係なくなんてない！　おれはクリスに助けてもらったんだ！」

「だから？」

「おれだけじゃない！　クリスは勇者として色んな人を助けてきたんだぞ！　悪い奴らのせいだとしても、手を汚してほしくなんかない！」

「……助けた？　私が？」

クリスが笑った。

なんだかとても悲しい笑みだった。

「助けてなんかないわ。私は何も知らない兵士を焚《た》き付けて、死地に送り込んでいたのよ」

「ち、違――」

「違わないわ！　助ける力も！　守る力もないくせに先陣を切って！　魔族を殺せ、魔王の国を滅ぼせと演説して！」

紅い瞳からぽろぽろと涙が零れる。

「ずっと正しいことだって思ってた！　仕方のない犠牲なんだと思ってた！　なのに裏切られて……私の存在意義って何⁉　何のために戦えっていうの⁉　私は何のためにたくさん殺してきたのよ⁉」

どれほどの重責を背負わされようと、どんな訓練を積んでいようと、クリスはまだ高校生だ。

戦争をすることに罪悪感があったんだろう。

人を傷つけるのは嫌だったんだろう。

誰かが傷つくのも苦しかったんだろう。

……正義のためにって、我慢し続けてきたんだろう。

「勇者になんてなるんじゃなかった……私は誰も助けてなんてない！　教会に拾われる前に、孤児のまま死ぬべきだった！」

悲鳴のように叫んだクリスに、何も言えなくなってしまった。

「……ごめん。少しひとりになりたい」

何か声をかける前にそう宣言されてしまった。クリスはそのままフラフラと近くの森へと入り、すぐに姿が見えなくなった。

「あっ……」

思わず手を伸ばしたけれど、クリスを引き留めることも出来ずに空を切った。

重苦しい雰囲気の中、焚火がぱちぱちと爆ぜる音だけが嫌に耳に響く。

「お、追いかけ――」

「ちゃ駄目ですよ」

「エッ!?」

環ちゃんに止められたけど、ここって追いかけるべきじゃないの!?

「これが恋愛とかで揉めて、クリスさんの交際相手があまねさんだったら追いかけるのが正解ですけど、いまは違いますよね？」

「……うん」

「クリスさんの悩みは私たちじゃ想像もできませんよね？　自分なりの答えすら出せないのに『死んじゃだめだ』とか言われてもクリスさんには届かないと思います」

「で、でもっ！」

「あまねさんも自分の答えを出してください。クリスさんと対話する機会は絶対にありますから、そこできちんと〝答え〟を伝えられるように」

環ちゃんはニヤっと笑う。

「そのためにも、クリスさんの気持ちを聞き出してもらいましょ」

「・・・・・・」

「聞き出してもらう……？　誰に？」

環ちゃんはおれの手を引いてパソコンの前に立つ。

「という訳でこれからクリスさんが持ってったタブレットのカメラに切り替えますので、私たちが話したとか余計なことは言わないようにお願いしますね」

大悟を退かしてカタタタ、と操作する。

すぐさま画面が夜の森に切り替わった。

♀ ♡ ♀ ♡ ♀

暗い森の中、クリスは倒木に腰かけているようだった。

さらさらと草木が揺れる音に紛れながらすんすんと鼻をすする音が聞こえる。膝を抱えるようにしてうずくまる姿は凛としたクリスとは別人かのように弱々しかった。

心が痛くなるような雰囲気の中、ぽこっ、と気の抜けた電子音が響く。

コメントだ。

クリスは動かないが、それでもぽこっ、ぽこっ、ぽこっ、とコメントが送られていく。配信画面側ではコメントも別枠で見えている。視聴者さんたちが本当に心配してくれていた。

「……たぶれっと……視聴者、か」

『落ち着け』『大丈夫か？』『あまねが滅茶苦茶心配してるぞ』『夜の森に一人は危ない』『クリスは強いからそっちは大丈夫』『いや、野生のサキュバスが出るかも（）』『草』『絶対クリスに負けるやつじゃん』『アッ、待って、駄目、駄目だから！』『激似ｗｗｗ』『涙目が目に浮かぶｗ』

なんかコメントでディスられてるのが気に食わないけれど、クリスがくすっと笑ってくれたので不問にしてやろう。チクショー。

「あまねは不思議な子よね」

『不思議というかぽんこつというか』『普通にぽんこつ』『ナチュラルに悪口で草』『そこが可愛いんだけどね』『嘘とかつけなさそう』『てぇてぇ』『おれっ娘だしな』『銀髪紫瞳人外ロリおれっ娘美少女てぇてぇ』『胃もたれしそうな属性ェ……』

おいコメント欄。おれのことはいいからクリスを元気づけてくれよ！

頼むぞ!?

『でもまぁ、本気でクリスを案じてたぞ』『復讐してほしくないって言ってたな』『笑ってほしいってさ』『幸せになってほしいんだって』

「なんでよ……関係ないでしょ」

『関係なくないだろ！』『クリあま激推し』『ここはあまねのヘタレ責めが良い』『うわっ……コメント欄汚ぇ』『ゲスな妄想するなよ！』『クリスとあまねはただそこにあればいい』『ふたりが並んでるだけで完璧』『言いたいこと全部言われた』『ふたりが映ってればおめめしあわせ』

「……何言ってるか分からないんだけど」

『分からなくて良いんだよ』『とりあえず俺らを信じて』『あまねに身を任せてみよう』『全部忘れられるから』『ある意味幸せ』『ｗｗｗ』『でもまぁ実際めちゃくちゃ心配してたのは事実』

「あまねは何でそこまで私を気に掛けるの？　勇者だから？」

『愚か』『愚鈍』『ギルティ』『もう勇者やめただろ』『絶対に違う』『それが分からないうちは復讐はストップしとけ』『後悔するぞ』『クリスがクリスだからだろ』『あまねが気に掛けてるのは』

「私が、私だから……？　利用価値なんてないと思うけど」

『はい、分かってない』『分からないなら聞いてみればいい』『利用しようなんて思ってないだろ』『悩んでるより一〇〇万倍答えが出るぞ』『オススメの場所はベッドの中だなｗ』『うむｗ口が軽くなるｗ』『事後想定で草』『あまねにはあまねの意志がある』『今まで戦った人も』『兵士も国民も』『魔族だってそうだろ』

濁流のような言葉は決して真剣なものばかりではない。

そもそも現実なのか虚構なのかもはっきりさせていないし、この配信も台本があると思っている人もいるだろう。

でも、その距離感がクリスには良いのかもしれない。

「でも、それは私に騙されて……！」

『クリスだって騙されてたろ？』『前提がどうあれ、覚悟も決意も本物だろ』『死ぬかもって知らせずに送り込んだわけじゃないんだろ？』『本人が決めたんだよ』『クリスのせいじゃないと思うけど』

クリスは考え込んだ後でタブレットを見つめた。大写しになったクリスの長い睫毛と伏せがちな瞳に思わず呼吸が止まる。

こんなきれいな子が、自分が死んでいれば良かったなんて思わなきゃならないのは絶対におかしい。

おれにだってコメント欄の過激派みたいに、クリスを使い捨てた奴らをぼこぼこにしてやりたい気持ちはある。

でも駄目だ。

それをすると、きっとクリスはもっと傷つくから。今まで頑張ってきたことを、否定することになるから。

……そうだよ。それを伝えれば良いじゃんか。

そう思うのとほぼ同時、パソコンの画面がホワイトアウトする。

いや、画面だけでなく森の一角にも強烈な閃光が走ったのが見えた。

「ヴァッ!?」

「何!?」

放り投げられたのか、映像は空を映していた。何が起こったか分からないけれど、何かが起こったに違いない。おれはスマホに配信画面を映すと閃光が起きた場所に向けて走り出す。

あくそ！　暗くて何も見えない！

羽根を出して羽ばたきながら森の上を移動する。

空を映したタブレットは壊れてはいないらしく、声だけが聞こえてきた。

「ごきげんようお姉さま」

「……リアーナか」

「覚えていてくださったんですね……」

リアーナ……クリスの追手か！

モモちゃんを助けた時に森の出口で待ち伏せしていた奴らのひとり。ピンクブロンドの、眠そうな目の女の子だったはずだ。

「どうして聖教国を裏切ったのですか？」

「……言えないわ」

――見えたっ！

「クリスぅぅぅ！」

「あまね!?　何で来たのよ！　戦えないくせに！」

クリスとリアーナの間に割って入るように着地する。驚愕に目を見開くクリスとは対照的に、リアーナは怒気を露わにしていた。

「……あの時のサキュバスですか。私はお姉さまと話をしたいのです。邪魔するならば切り捨てますよ？」

「や、やらせないからな……！」

「あまね、下がって」

「あっ、クリス!?」

クリスはおれを引っ張ると無理やり後ろに下がらせる。

守りに来たはずが、守られてしまう。

「もう一度聞きます。どうして聖教国を裏切ったのですか？」

「クリスは裏切ってなんか――」

「あまね！　ダメ！　盗聴魔法が仕掛けられてるかもしれないわ！」

クリスの静止に言葉が詰まる。

リアーナと一緒に待ち伏せていた元パーティメンバーの男、イスカールだったか。

当たり前のようにモモちゃんを人質に取っていたアイツに聞かれている可能性を考慮しているんだろう。リアーナに真実を告げてしまえばどんな被害が及ぶか分からない。

「何かあるのですね？」

「……言えない」

「お姉さまから直接話を聞きたくてひとりで抜け出してきたのですが……今度は魔法対策もすることにしましょう」

そう告げたリアーナだが、すらりと大剣を構える。

「さすがに手柄無しでは〝次回〟を作れそうにはありませんので、そちらのサキュバスの首級《くび》を頂いていくことにしましょう」

「ヴェアッ!?」

「やらせると思う？」

「……理由はどうあれ、魔族を庇《かば》われるのですね」

悲しげに目を伏せるリアーナに対し、クリスは細剣《レイピア》を抜き放った。

戦いが始まる。

リアーナが大剣を振り抜くと同時、冷気が駆け抜ける。杭のようなつららが次々に地面から生え、おれたちへと迫ってきた。

対するクリスは細剣《レイピア》から炎の刃を放ち、つららを断ち割った。つららが一瞬で沸騰、水蒸気になり周囲に広がっていく。

「お姉さまの剣を見るのはあの時以来ですわね」

「……そうね」

氷と炎が嵐のように巻き起こる。おれが助太刀できるレベルを完全に超えていた。スマホを握りしめながらもできることを必死に考える。

……転移魔法。

万が一に備えて魔力だけ用意しておけば、万が一クリスが劣勢になった時に助けられるかもしれない。

そう考えて――おれは自分の胸を揉み始めた。

リアーナが攻撃の手を止めておれを指さす。

「……お姉さま。後ろのサキュバスが、その、なんていうか……頭おかしいんですの？」

「……それは否定できないわね」

「何でそこで結託《けったく》するんだよっ!?　これでも必死なんだぞ!?」

「まぁ所詮はサキュバスですし、考えるだけ無駄ですわね」

仕方ないじゃん！　他に方法ないんだから！

微妙な空気を振り払うように鋭い剣戟《けんげき》が続く。

おれを狙うリアーナに対してクリスは守る立場だ。武器のサイズをものともせずに大剣や魔法を弾き、いなし、相殺し続けているが、全て後手に回っている。

ましてや背後のおれを守りながらでは分が悪いだろう。

「ま、魔法で援護できれば――」

「余計な事をすれば、楽には死ねませんよ？」

氷の矢が空中に生成される。大量の矢はほとんどがクリスによって迎撃されるが、抜けた一本がおれの頬を掠めた。

熱が生まれ、一拍遅れて痛みとともに血が滴る。

「あまね！」

「よそ見はなさらないでくださいまし！」

「クッ!?」

おれを庇おうと立ちはだかったクリスにリアーナの魔法が襲い掛かった。様々な形の氷が殺到し、吹雪が吹き荒れる。地形が変わるほどの魔法が地面を抉《えぐ》り、樹木を倒し、岩石を砕いた。

扇状に広がった魔法の爪痕はしかし、クリスの背後だけはまったくの無傷だった。

クリスはすべての魔法を防ぎきり、一つたりともおれまで攻撃を届かせなかったのだ。その代わりに左足が凍り付き、地面に縫い留められてしまっている。

「何かを迷っておりますの？　それとも、我々を裏切った事への罪悪感ですか？　ずいぶんと動きが悪いですけれど」

「放っといて頂戴」

脚の氷を溶かさないのは、おそらくそれが決定的な隙になってしまうからだろう。

「どうしても話してはいただけませんか？」

「話せることは何も無いわ」

「……そうですか」

有利なはずのリアーナはどこか傷ついた表情で大剣を構えた。空間が歪むほどの魔力が練り込まれていく。

同時、おれが握っていたスマホが震えた。

環ちゃんからのメッセージだ。

『バカ兄貴と一緒に全力で逃げるので私たちに構わず好き勝手やってください！』

『こっちの安否と居場所は配信で確認できると思います！』

『落ち着いたらお迎えお願いします！』

『なる早で！』

ありがたいっ！

メッセージを理解すると同時におれは前に飛び込んだ。クリスの腰に後ろから抱き着いて、ありったけの魔力を振り絞る。

「空間転移ッ！」

瞬間、視界がぐにゃりと歪んだ。魔力が満タンじゃない状態で無理やり発動したせいだろう。強烈な眩暈と吐き気、そして頭が割れるような頭痛に倒れ込んでしまう。

そこにあるのは土の地面ではなくフローリングだ。

……よし、戻ってきた、ぞ……！

「うぁっ……！」

クリスの様子を窺おうとしたけれど、えずいてしまって変な声しかでない。小っちゃい子みたいに身体を丸めたところで、柔らかく暖かい感触に包まれる。

「無理しないで。魔力切れ」

クリスだ。当たり前のようにおれを抱きかかえながらパチパチとドレスアーマーの金具を外していく。捨てるように脱ぎ散らかすと、おれをきつく抱きしめた。

「しっかりして。寝ちゃ駄目」

おれの手を取り、自らの身体に這《は》わせる。魔力がじわじわと溢れてくるのを感じた。魔力をカラカラに絞り切った身体に染み込んでいく。

「う……」

「馬鹿ね。戦えない癖に無茶して。サキュバスは魔力から生まれた存在なのよ？」

「う、あ……」

反論したいけれどおれの口から漏れるのはうめき声だけだ。

「魔力切れで無理すれば本当に死ぬかもしれないわ」

言いながら、クリスの細い指がおれの服の下に入ってきた。ひんやりした指に身体をなぞられる。

ゾクゾクと魔力が湧いてくる。船の上にいるかのような眩暈《めまい》が少しずつ落ち着いてきた。

抵抗できないおれに、クリスはいつになく真剣な表情だ。

魔力の使いすぎて本格的に生命の危機に瀕《ひん》していたんだろう。環ちゃんが指導したときは興味なさそうにしていたことまで積極的に……

アッ、待って！　それはさすがに男の尊厳が……！

「んぅっ……！」

「暴れないで……あむ」

「待って、ホントに待っんんんっ！」

強い刺激を受けて俺の身体が勝手に跳ねるが、すぐに抑え込まれてしまう。指先や唇がおれの身体に押し当てられ、生まれる魔力がどんどん増えていく。洪水のような勢いでおれの身体が魔力で満たされていく。

「く、クリス……待って……ひゃんっ！　やめて……もう大丈夫だから……！」

「……魔力は戻った？」

「あっ、待って、やっぱり止めないで……！」

何故かベッドの上に放り出された。

解せぬ。

いそいそと服を整えたクリスはぼすんとおれの横に座る。と思ったらそのままおれを持ち上げて膝の上に抱きかかえた。さっきよりはずっと少ないけれど、それでもしっかり魔力が滲み出てくる。

「あまねに聞きたいことがあるの」

「……うん」

「どうして私を助けるの？　何で復讐を止めようとするの？」

ぎゅっと抱きしめられてクリスの表情を窺うことはできない。冷え切った手は小さく震えていて、まるで何かに怯《おび》えているかのようだった。

ここだ。

環ちゃんが言っていた〝答え〟を伝える場所はここしかない。

「クリスこそ、おれを助けてくれたじゃん……いや、おれだけじゃなくて、色んな人を」

おれの首級を獲ろうとしたリアーナから。それ以前にも脱走兵に襲われそうだったおれを助けてくれたし、森で迷っていたモモちゃんや立ち往生していた行商一家も。

「クリードさんたちのときだって、会った直後なのに当然のように薬草を探しに行こうとしたでしょ？」

「助けたのはあまねよ」

「それは結果論。クリスはずっとちびっ子を案じてたし、どうすれば良いか考えてた」

ちびっ子が安心できるよう、両親にまであーしろこーしろと指示を出してたもんね。

「クリスは当たり前みたいに助けたり庇ったりするじゃん？　それって、勇者としての生き方が身体に染みついてるって事だと思うんだ」

「……ただのプロパガンダよ。聖教国が好き勝手するために祭り上げた虚像でしかないわ」

「虚像なんかじゃない！　最初は聖教国が作ったものかもしれないけど、クリスは間違いなく勇者だ！」

膝から逃れてクリスに向き直る。

「クリスはおれを助けてくれただろう!?　クリスがいなかったらおれは異世界に転生してすぐに死んでた！　おれだけじゃない、モモちゃんだって森で遭難してたかもしれないしちびっ子だってそうだ！」

「……咄嗟《とっさ》に動いただけよ。何も考えてない」

「クリスが〝本物〟になるまで努力し続けたってことだろう!? そりゃ騙されてたかもしれないし、間違ったこともあるかもしれない！」

でもさ。

「クリスは誰かを助けて、誰かを守ろうとしたんだ！　勇者じゃなくなった今だってそうだ！」

思わずクリスを抱きしめる。

避けられることも、抵抗されることもなかった。

「だからさ、復讐なんかで手を汚さないでほしいんだ……クリスの手は、誰かを助け、守り続けた手なんだから」

クリスがこのまま煙のように消えてしまう気がして、おれは抱きしめる腕に力を入れた。

温かな体温が伝わってくる。

このままクリスが復讐をしても、きっとクリス自身が傷つく。それはきれいごとなんかじゃなくて、クリスは復讐をするためには優しすぎるからだ。

誰かを守り助けるために剣を振るってさえ、傷つくような優しい子なのだ。

「……分かったようなこと言わないで。復讐を考えるような場面になんて、なったこともない癖に」

クリスの反論には、おれの言葉を跳ね除ける力強さはなかった。決意を鈍らせないでほしい、と嘆願しているかのようだった。

でも、私を止めて、と泣いているようにも聞こえた。

全力でぶつかる。

すべてを伝える。

君を、復讐者になんてしたくないから。

「……おれの両親さ、飲酒運転で暴走した奴に巻き込まれて、ふたりそろって死んじゃったんだ」

飲酒にスピード違反。無謀な運転をしたやつのせいで、何も悪いことをしていない両親はあっさりとこの世を去った。

「おれは厳罰を求めて――そして裁判の結果その通りになったけれど、残ったのは虚しさだけだった」

両親が帰ってくるわけでもなければ、おれの気が晴れることもなかった。

犯人にも家族がいて、判決を聞いて泣き叫んでいた。おれは家族のひとりに罵倒され、その後別の人に謝罪もされた。

胸糞悪いだけだったよ。

だから。

「クリスには前を向いてほしい。痛みは消えないし傷だってそう簡単には治らない。でもさ、きっとおれだけじゃなくて、クリスが助けてきた人たちもクリスの幸せを願ってるはずだ」

しがみつくように抱き返される。

クリスの手はまだ小さく震えたままで、氷のように冷たかった。

「……どうすれば良いか分からないの」

「うん」

「ずっと、ずっとずっと勇者として頑張ってきたのよ？」

「うん」

「それなのに、いきなり裏切られて」

「うん」

「きっと私が死なせてしまった人もたくさんいる……私が焚き付けたせいで……！」

「うん」

クリスは泣いていた。紅い髪を優しくなでる。

「どうすればいいの？　どうすれば償えるの？」

「クリスは悪くない」

「そんなこと――」

「あるんだよ！　クリスは多くの人を助けるためにずっと頑張ってきたでしょ？　もっと自分のことを認めてあげて。もっと自分を許してあげて」

「だって……！」

わんわんと泣き出したクリスをしっかりと抱きしめる。

どこにもいかないように。ここにいていいよと伝えるように。

泣きじゃくるクリスは人類の守護者たる勇者ではなく、迷子になった小さな子供のようだった。

どれほどそうしていただろうか。

「ずっとそばにいて」

「分かった」

「絶対離さないで」

「うん。何があっても離さない」

「ほんとうに？」

「本当に」

「ぜったい？」

「絶対」

「……うん」

クリスはおれの肩口にぐしぐしと顔をこすり付け、それから顔をあげた。

手を放したので様子を窺えば、目元を真っ赤にしながらもどこかスッキリした表情だった。

「復讐を止められるかは……まだわからない」

でも、と真剣な瞳でおれを見つめる。

「まずは聖教国のトップ——教皇の顔を見てから、ね……それとイスカールも。一緒に来てくれる？」

「うん、付き合うよ。やっぱりまずは聖都を目指さないと、かな？」

「その前に環たちを迎えに行かないと。あっちで迷子になってると思う」

「あっ」

♀♡♀♡♀

「あまねさーん!!　怖かったですー!!」

異世界へと赴いたおれたちは流れっぱなしになっていた配信を頼りに環ちゃんたちと合流した。視聴者さんたちがどっちに行っただとか、どんなものがあっただとか色々教えてくれたこともあってそれほど時間は掛かっていない。

謎のバイタリティを発揮した環ちゃんは偶然たどり着いた寒村で物々交換を行ったり交渉をして、空き家を一晩借りていたのだ。

「半日以上も何してたんですかー！　心配したんですよー！」

「あ、あはは」

「……」

笑って誤魔化そうとしたらクリスに思いっきり睨まれた。

「ケダモノ」

「ヴァッ!?」

「もう無理って何度も言ったのに」

「しょ、しょうがないじゃん！　魔力をしっかり充填しないと異世界と行き来なんてできないんだから！」

「駄目。絶対許さないから」

ぷいっとそっぽを向くクリスだけど、こんな風に子供っぽく拗ねてくれるのはおれに気を許してくれている証拠だろう。そう考えるとなんだかくすぐったかった。

「……なんかすごーく良い雰囲気ですけど、無事に仲直りできたんですか？」

「うん」

環ちゃんにかいつまんで事情を説明、今後の方針を伝える。

「……なんか全然うまく行く気がしないんですけど」

「エッ」

「だって勇者っていうシステムを構築してクリスさんを使い捨てにするような人たちですよ？　反省したりとかまともな理由があったりとかすると思います？」

うっ……そう言われるとその通りだ。

「頑張ってクリスさんを説得したのは分かりましたし、可愛いあまねさんのためですから私も一肌脱ぎましょうか」

「駄目」

「エッ」

環ちゃんに抱きつかれそうになっていたけれど後ろに控えるクリスにぐっと引っ張られ、後ろから抱きかかえられた。まるでおれを独り占めするかのような動きと背中に当たる柔らかな感触。魔力がムラムラと湧いてくる。

「あっ、独り占めはズルいです！　……ってクリスさん？　どうしたんです？」

「……別に」

「もしかして仲直り以上の何かがありました？」

「…………別に」

視線を逸らすクリスだけど頬が微かに紅く染まっている。

「こ、これが噂の『僕《B》が先に好《S》きだったの《S》に』ってやつですか……せめて私と一緒の時にしてくださいよ！」

いや、混ざろうとしてる時点で『僕が先に好きだったのに』とかじゃないでしょ。

わざとらしくうなだれた環ちゃんだが、おれではなくクリスに絡みつく。ニヤニヤと笑いながらクリスの顔を覗き込むと、わざとらしくしなを作った。

「クリスさ～ん」

わきわきと両肩を揉みながら動く姿は軟体《なんたい》系の妖怪にも見える。

「あまねさんって種族柄、夜はすごいじゃないですか？」

「……」

ついさっき経験したばかりだからか、クリスは否定してくれなかった。顔を赤くしながら視線を逸らしている時点で答えているようなものだけども。

「ほら、そんな時に助っ人で私も、とかどうですか？　もちろん二番目で良いですしおふたりの邪魔はしません。今日は疲れててノーセンキューな時とかにちょこっと混ぜてもらって、マンネリ防止に」

「……ちょっと考えさせて」

「クリス!?」

「毎日アレだと私の身体が保《も》たない……駄目って言ってもやめてくれないし」

「エッ、いや、その」

「何なら私とクリスさんでタッグを組んでやり返しますか？　私は攻めでも受けでもオッケーですよ？　道具《おもちゃ》もばっちこいです！」

「ヴェッ!?」

「………ちょっと考えさせて」

「何でちょっと前向きになってるの!?」

「さて。話もまとまったことですしちょっと聖教国に一泡吹かせる作戦考えますね！」

「巻き込んでごめんなさい、環」

「良いんですよクリスさんのためですし！」

「待って無視しないで!?」

「さ、それじゃあ日本に戻るためにあまねさんに魔力をチャージしてもらいますか」

おれのツッコミを無視した環ちゃんにガシッと肩を掴まれた。さっきは阻止してくれたクリスもあっさりとおれを手放す。

必死に抵抗するも空しく寒村の空き家へと引きずり込まれそうになる。

「ふふふ。村の人たちが親切で食べ物とか分けてくれたんですよ。ほら、ゴーヤみたいなのもあるんで色々バッチリですよ？」

ごついいぼいぼのゴーヤが前後に振られる。

どう考えても食べる以外の用途に使いそうな仕草《しぐさ》に思わず身が強張る。

「だ、大悟！　助けて！」

必死に手を伸ばすと、びっくり顔の大悟が意を決して口を開いた。

「た、環？」

「……ちっ。何？」

「……ゴメンナサイ」

「大悟⁉　反論する前から負けるなよ⁉」

「で、でも……」

「頑張れ大悟！　おれのために！」

「……環、食べ物は違うっす。食べ物を粗末にするのはいけないっすよ！」

「……じゃあ食べ物ナシなら？」

「そ、それは、まぁそれぞれの判断で」

「大悟ぉ！　日和るなよぉ！」

必死の抵抗も空しくおれは空き家に連れ込まれ、そのままベッドに放り投げられた。

……そこから先は、あんまり思い出せない。

クリスによると、二時間半ほどでツヤッツヤになった環ちゃんが出て来たらしい。心配になって家の中をみれば、意識のないおれが時折痙攣しながら、ぐったりしていたとか。

ぐすん。

♀　♡　♀　♡　♀

それからおれたちは準備のために何度も異世界と日本を往復した。

環ちゃんがクリスと一緒に百均で色々買い込んで、それを異世界で売り飛ばしたり。

聖都ほどじゃないけど大きな街に行って色々買い込んだり。

日本でもネット通販を駆使してとんでもない量を買い込んだりもした。

一番大きな買い物はおれの腕にはまっているブレスレットだろう。荷物を収納するための魔道具である。

素材的にも技術的にもかなり難しい逸品らしく、クリス曰く「砦《とりで》くらいなら買える」とのことだった。

どう貿易したら百均の商品で砦が買えるほどの儲《もう》けを出せるんだろうか。

「異世界だとガラスがものすごーく貴重なんですよ。あと胡椒とか砂糖とかも」

「……いや、何となく分かる気もするんだけど、砦買えるほどって……」

「そこはまぁ、やりようですよ～」

あはは、と誤魔化す環ちゃんの横で、クリスが渋い顔をしていた。

「担当を泣かせてたわ……教会勢力だから良いけど」

どうやら各地にある大きな教会から金を限界まで搾《しぼ》り取ったらしい。

「危ないことしないって言ってたよね!?」

「してませんよ」

「嘘」

「あっ、クリスさん!?」

「何度か襲撃されたわ」

「……環ちゃん、後でOHANASHIね」

「……はい」

危ないことしないでってずっと言ってるのに……ベッドの上でクリスと協力して理解《わか》らせよう。

ちなみにおれは魔力空っぽな状態になって宿屋で転がっていただけである。何度も魔力切れになったからか、魔力量がびっくりするくらい上昇していた。

もう尊厳を失うほどチャージしなくても、サクッと転移できてしまうほどである。

だから無理にそこまでしなくて大丈夫！　二人掛かりだと全然勝てないから！

アー！　二人掛かりはズルいです！　そうやってイジメが始まるんですよ！

……ぐすん。

何はともあれ魔力量が増えたのは良いことだ。ぶっちゃけ戦える気はしないけど、誰かがけがした時には回復魔法が使い放題だからね。

けがの功名というか、旅しながら何度も往復したお陰で聖教国内ならわりと自由に行き来できるし、聖都にもこそっと入れるようになっている。

後は環ちゃんの立てた作戦を決行するだけである。

「あまねさーん。荷物届いたんで収納お願いしまーす」

「はいよー」

玄関までパタパタと飛んでいけば、そこには空間を埋め尽くさんばかりの段ボールがあった。量もさることながら、一個一個がデカい。

おれがすっぽり入れるサイズはスネーク御用達って感じである。

「……これは？」

「スピーカーです」

無線接続でバッテリー式のスピーカーは屋外ライブとかに使える業務用だ。残りは小さな段ボールが一つ。

「……これは？」

「ふふん。これが本日の隠しダネです。クリスさんに見せてきてください」

「ええ……何かヤな予感するんだけど」

「パッケージから出すと怒られるかもしれませんけど、入ってれば大丈夫ですよ……多分」

不安を煽るような言葉とともに渡されたのはわざわざ海外から取り寄せたお菓子。

ただし基本的には罰ゲームやドッキリ用に使われる、超リアルなミミズ型のグミである。

何に使うのか本格的に不安になるけれど、わざわざ二万円も掛けて空輸したんだからきっと必要なんだろう。

……くだらない理由だったら、クリスに環ちゃんを叱ってもらおう。

決意しながらリビングで作業をしているクリスの元に向かう。

クリスは自らのドレスアーマーの内側に魔道具の鑿《のみ》と槌《つち》を使って何かを掘り込んでいた。

「……何？」

真剣な表情を眺めていたくて静かに飛んでいたんだけれど、気付かれてしまったらしく作業の手が止まる。

「ごめん。何してたの？」

「刻印魔法よ。勇者は瞬間火力は高いけど継戦能力が低いの。だからダメージを魔力に変換する魔法を組み込んでた」

まるで自爆するかのような物言いに思わず目を見開くが、クリスはいたずらっぽい視線でおれを見つめた。

「怪我しても、治してくれるでしょ？」

「……もちろん！」

そもそもあんまり怪我をしてほしくないのが本音だけれど、万が一怪我をしたら何をしてでも治すつもりである。

「それで？　何か用があったんじゃないの？」

「あ、そうだ。コレ、環ちゃんが――」

おれがミミズグミのパッケージを差し出すと同時、クリスが思い切り飛び退いた。手に持った魔道具の鑿に、とんでもない量の魔力が流し込まれる。

「わー！　待って待って！　これただのお菓子だから！」

「……本当に？」

「本当に！」

「……ヴィバガラドかと思った」

「ヴィ……？　なんて？」

「ヴィバガラド。前にも説明したでしょ？」

「あっ!?　異世界ゾンビ虫！」

ミミズ改めヴィバガラドは人に寄生してゾンビにする虫型モンスターだったはずだ。

「正式名称は寄生魔蟲《きせいまちゅう》ヴィバガラド。粘膜や傷口から身体に入って宿主を操る魔物よ」

改めて説明をしてもらうが、想像だけで鳥肌が止まらない。

ちなみに操られた人は自我と理性を失って彷徨《さまよ》うことになる。まともな生命活動ができないので少しずつ腐敗していくが、その間に出会った人間に噛みつくことでヴィバガラドは感染するとのことである。

「ストップ！　ストップっ！　想像しちゃったよ……！　ゾンビとかキモすぎる……！」

銃とかロケットランチャーで武装できるゲームですら怖いのだ。現実にゾンビとか本当にやめてほしい。

「ぞん……？　この間も言ってたわね。日本にもそういう魔物がいるの？」

「創作の中にね。日本って言うか地球には魔物なんていないから」

「……？　いるでしょ。こないだ見たわよ？」

「エッ!?」

クリスが見たのは、ひらひらと空中を飛ぶ一〇メートル近い長さの布らしい。

「夕暮れ時の空を飛んでたわ。特に人間を襲う感じでもなかったから放置したけど」

他にも角が生えた人間だったり、急に忍び込んできてまくらをひっくり返して去っていく奴がいたりと、ちょこちょこ目撃しているらしい。

「行動理由が意味不明だけど、ちょこちょこ見掛けるわ」

「妖怪だよ！　一反木綿に鬼！　それから枕返し！　そんなのがいるの!?」

「……何で気づかないの？」

本来ならば魔力から生まれたおれの方がそういうものには敏感らしいんだけれど、妖怪が実在してるなんて思わないじゃん！

「……後で訓練ね」

「アッ、ハイ」

何はともあれヴィバガラドだ。

「私の後釜――勇者候補のリアーナは、ヴィバガラドに村を滅ぼされているわ」

「エッ!?」

「彼女を助けたのは私なの」

どうやらそれが切っ掛けでリアーナはクリスをお姉さまと慕《した》い、勇者を目指すことになったらしい。

「宿主から攻撃されるのを恐れてリアーナは小さな小屋に籠城《ろうじょう》していたの」

渋い顔をするクリスが語ったのは、異世界の片隅に生まれた地獄の話だった。

クリスがその村に辿り着いた時、すでに村は腐臭と腐肉に塗れていた。

動く者はみなヴィバガラドに身体を乗っ取られ、内側から喰われて死ぬよりもひどい状態になっていたという。ゾンビのように動き回る感染者たちを焼き払いながら必死に生存者を探し出して、なんとか見つけたのがリアーナだ。

重度の脱水症状と飢餓。トイレすらままならず汚物と垢に塗れたリアーナは、感染の恐れありとして殺されそうになっていた。冷徹な判断だと思うが、一匹でも持ち帰ってしまえば国すら滅びかねないのだから仕方ないだろう。

「ヴィバガラドが入り込んだ者は栄養失調なんかになる前に理性を無くして暴れまわるから。私の責任で生かして聖都に連れ帰ったのよ」

家族も知り合いもすべてゾンビへと変貌し、生まれ育った村を失ったリアーナは教会で育てられることになったそうだ。

「空間魔法への適正があるのは想定外だったけど。私の役に立ちたいって一生懸命な子だったわ」

なるほど。

だからクリスから裏切りの理由を聞こうと必死だったわけだ。

いや、実際には裏切ってないんだけどさ。

「それじゃ、ちゃんと話せば味方になってくれるかも？」

「かもしれない……けど」

「けど？」

「あまねを殺そうとしたから。ケジメはつけさせないと」

おれの頭を撫でながらも剣呑《けんのん》なことを言い始めた。撫でてもらえるのは気持ちいいし大切にしてもらえるのは嬉しいんだけどさ。

そういう事情があるならもう少し、こう、手心みたいな――……

「あっ、撫でるのやめないで」

「駄目。続きはまた夜に。ね？」

「アッ、ハイ」

サキュバスなんかよりもずっと蠱惑的《こわくてき》な宣言をされて、何も言えなくなってしまった。期待感だけで魔力が湧き上がる俺の身体が恨めしい……！

いやでも、こう……きっと夜には素敵なサムシングが待っているはずだ。

……つくづくおれがロリサキュバスになってしまったことが悔やまれる。せめて雄淫魔《インキュバス》とかだったら良かったのに……！

環ちゃんが邪悪な何かを企んでいるのはこの際だから置いといて、ようやく準備万端。

異世界に移動してから夜になるのを待って作戦開始だ。

何で夜かって、そりゃ異世界に転移したら魔力をごっそり持ってかれるからね。限界までチャージするために宿屋に籠るんだよ。ちなみに大悟はヘッドホンをつけて隣の部屋でエロゲをやったり、切り抜き動画を作ったりしている。

「だ、大悟……なんかごめんな……？」

「もう慣れたっす」

そう言いながらも目から完全にハイライトが消えていた大悟は超怖かった。

動画編集で睡眠時間が足りないのもあってゾンビみたいだったもん。変な蟲に寄生されてないよね……？

「先輩だけは自分を裏切らないと思ってたっす……それなのにSSS級美少女のクリスちゃんにひいき目抜きで見ても美人な妹まで、より取り見取りのハーレムじゃないっすか……」

「ご、ごめんって……そうだよな。友達が妹に手を出してるとか複雑だよな……」

「せめて先輩が男だったらまだ納得できたっすよ!?」

「エッ!?」

「仮に両親にバレたら自分はなんていい訳すればいいっすか!?」

ああ、うん。そうだよね。

妹が付き合ってる相手が大学の元先輩だけど、今は美少女ロリサキュバスとして配信者やってますとか説明のしようがないもんな。

「先輩、環のこと本当にお願いするっすよ……！」

ちょっと前に「二番目で良い」なんて言わせてしまったことにじくじくと罪悪感が湧いてくる。

いや、本人は間違いなくエンジョイしてるけどさ。

「そして上手く環をコントロールして自分への風当りをなんとかしてほしいっす！」

うん、本音が分かった。おれの罪悪感を返せよ……。

そんなわけで多くの人が寝静まった夜になった。体力というか気力というか、いろんなものをごっそり削られたおれだが、魔力的にはほぼ満タンだ。

環ちゃんは肉体的に脚がプルプルしてて生まれたての仔鹿みたいになっているけれど、お肌はツヤツヤなのできっと大丈夫だろう。

普段は無知すぎてあまり積極的ではないクリスも、今日はかなり甘えん坊だった。おそらくは決戦を前に緊張してしまったんだろうな。

おれとしてはしっかり期待に応えたつもりである。

唇を尖らせて目を合わせようとしないので満足してくれたものと思いたい。うん。すっごく悦《よろこ》んでたし、おれの魔力チャージの具合からも満足してくれているはずである。

「さて、行くか」

「あ、まずはコレお願いします」

「エッ」

「仕込みですよ仕込み。クリスさんの復讐を止められる……かどうかは出たとこ勝負ですけど、私の予想なら多少はマシになると思いますよ？」

「……おれにも教えてくれないの？」

「そこはほら、二番目の女としてインパクト重視で使える女だって分かってもらわないと」

「そんなの関係ないよ！　環ちゃんは環ちゃんだろ！」

「ふふっ……ありがとうございます」

ちゅっと頬に軽く口づけると蠱惑的な笑みを浮かべる。

……ここまで言ってくれてるんだ。無理やり聞き出すのも野暮だし、言われた通りに仕込みとやらをやってくるとしよう。

四章

# 聖都襲撃配信

聖都中心にある大聖堂。

おれたちはその天辺にある大鐘楼から侵入した。飛べるおれが近くの柱に縄を引っ掛けてクリスが登攀《とうはん》。続いて環ちゃんと大悟を引っ張り上げた形である。警備そのものがガバガバだったこともあって滅茶苦茶簡単だった。

首都ということもあって、普段からそれほどキツい警備を敷いているわけではないらしい。その上、今日は大きな会議があるとかで、慌ただしく物資の搬入をしていたので警備もそっちに気を取られていた。

「た、高くて怖いっす」

「何で来たの？」

「し、辛辣《しんらつ》っすね……！　日本に避難することになった時自分だけ置き去りとか絶対に無理っすから！」

「……その手があったか」

「マジで無理っすからね!?　フリじゃないっすよ!?」

「うるさいよ大悟」

「せ、先輩まで……！」

ぐぎぎ、と悔しそうな顔をしつつも大悟は大人しくカメラを起動した。ノートパソコンを持って歩くのは厳しいので、スマホと接続して配信する手はずになっている。

……なんでわざわざ配信するのかといえば、理由は単純。

「やっぱり魔力回復してる。なんでだろ……？」

「サキュバスはえっちなことで魔力を回復するんですすよね？」

「うん」

「つまり視聴者さんたちはあまねさんを見ながら――」

「ヴァァァァァッ!?　言わなくて良い！　言わなくて良いから！」

「ほら、男どもなんてサイテーですよね？」

「実際に手を出してきた人に言われてもなぁ……」

「まぁ実際はあまねさんをそういう目で見てるってだけだと思いますけどね。一人一人から得られる魔力は少なくても、ちりも積もれば何とやらってやつですよ」

なるほど。

地道な配信と『異世界』という、っょっょコンテンツのお陰でバズってるし、一〇〇〇人以上もの人から見られている。全員からのえっちな気持ちが積もったことで回復していると言われれば納得である。

「そんなわけで皆さん、あまねさんでがんがん妄想してください……手を出すのはクリスさんと私だけですけど」

「ヴェッ!?　待って！　この配信は健全な配信だからね!?」

『草』『ｗｗｗ』『てぇてぇ』『公式が酷い』『供給過多すぎてしんどい……』『てぇてぇ』『やっぱりあまねは手を出される側か』『たすかる』『これは捗るわ』『配信主がロリサキュバスな時点で今更なんだよｗ』

コメント欄も好き勝手言い始めたけれど、タブレットの画面を暗くして腕輪にしまう。ここから先は戦闘も起こるであろう敵地だからね。

別に都合が悪いから封殺するわけじゃないからね。

次見た時に同じ話題だったらコメント欄を閉鎖してやる。

「クリス」

「……うん」

震える手をぎゅっと握る。クリスは大きく深呼吸して、それから歩き出した。

大鐘楼《だいしょうろう》から地下まで一気に続く螺旋《らせん》階段をぞろぞろと降りていく。途中にいくつか部屋があったが、物置みたいなものだったので華麗にスルーした。

「ずいぶん長いね？」

「大鐘楼は聖都の象徴なの。眉唾だけれど、建国時に強力な名付きの魔物《ネームドモンスター》を鎮めた魔道具だって触れ込みだから、攻めてきた敵に掌握されることがないよう一番奥になってるのよ」

この階段は地下まで続き、宝物庫の横を通って直接教皇の部屋の前までいけるらしい。一番攻められないであろう場所から侵入されるとは夢にも思わないだろうとのこと。

ちなみに魔道具なのは本当らしいけれど、クリスによれば「国の隅々まで鐘の音を響かせるとか、そんなとこでしょ」程度のものらしい。すごいと言えばすごいけど確かにそれなりでしかないな。

荷物をしまえる腕輪と違って現代の科学技術で再現できちゃうし。

「宝物庫ですかー。慰謝料《いしゃりょう》代わりに全部もらっていきましょうよ」

「エッ」

「そもそも勇者って給与とかどうなってたんですか？」

「勇者は伝統的に全額寄付する決まりだけど、年給《ねんきゅう》は結構な額だったと思うわ」

「……何か、新しい事実が発覚するたびに聖教国がひどすぎることが伝わってくるんだけど」

どういう伝統だよ。福利厚生費とか言って天引きするブラック企業と同じじゃん。

「だから慰謝料ですよ慰謝料。異世界ですら貴重とされるような品があれば、きっと面白いことがいっぱいできますから！」

うーん、嫌な予感がするけどクリスの気持ちが少しでも晴れるなら良いか。

環ちゃんのいう通り慰謝料には丁度いいだろう。

「あとは偉い奴らの私財《しざい》を接収《せっしゅう》するとか？」

「おっ、良いですね！　銅貨の一枚まで絞りましょうか」

「……地方の教会からは散々絞った後だけど」

腕輪を買う資金源にしたもんね。

なぜかイキイキし出した環ちゃんに従って宝物庫に突撃する。一応、鍵はかかっていたんだけれどクリスの細剣《レイピア》で一発だった。金属をスパッと切れるとか改めてデタラメな腕前である。

中はちょっと埃《ほこり》っぽかったけれど、美術館とか博物館みたいに物品が並べられていた。

興味津々で壁や机に飾られたものを眺《なが》めていく。

「あー、それは斬ったところが腐っていく剣ね」

「……呪われてない？」

「そっちは魔道具よ。遠く離れた人と会話ができるんだって」

「便利と言えば便利だけど、スマホとか無線みたいなもんだからなぁ」

「それは普通のネックレスよ。つけた人間は斬首刑《ざんしゅけい》になるという曰く付きだけど」

「ぜんぜん普通じゃないからね!?」

呪符《じゅふ》がベタベタ貼られた大剣や大きな宝石のついたイヤリング。果ては呪われてそうなネックレスなどを接収していく。

触りたくないものばっかりだったけれど、腕輪を持っているのがおれなので仕方なくどんどんしまっていく。どうせ全部もらっていくのだからと説明を聞くのも止めた。

初代教皇が使っていた有難い杖とか埃っぽい服とかも入れたし、バカでかい棺桶みたいなものも入れた。

「何百年も腐らない死体だそうですよ！」

「……なんでそれでテンションあがるのさ。死蝋《しろう》ってやつじゃないの？」

基本的に腐敗は細菌の繁殖によって起こる。カラカラのミイラは水分不足で細菌が繁殖できないから腐らないわけだが、死蝋も原理的には似た現象である。

ミイラは高温で乾燥した場所に置くが、死蝋の場合は低温で湿潤《しつじゅん》な場所だと聞いたことがある。だいたい細菌が繁殖して腐敗してしまうので、死蝋になるのは珍しい現象らしい。

「んふふふ。死蝋って感じでもないんですよね。どっちかというと精巧《せいこう》な人形……？」

妙に上機嫌な環ちゃんによれば、頬は血が通ったようなピンク色でさらさらのブロンドヘア。おまけにびっくりするほど爆乳の美女だったらしい。

「帰ったら部屋に飾りましょう！」

「嫌だよ!?」

「でも本当にすっごい爆乳でしたよ!?　ＩカップとかＪカップとかありそうでした！」

「……後にして」

「「アッ、ハイ」」

クリスに怒られたので死蝋入りの棺桶《かんおけ》を捨てるタイミングも逃してしまい、結局は収納したままになってしまった。

どこかのタイミングでこっそり捨てていこう……！

ちなみに意味不明な宝の数々は基本的に神代《しんだい》と呼ばれる大昔のものらしい。今では失われた技術をたくさん持っていたらしく、再現どころか解析もできないような魔道具が残されているんだとか。

宝物庫を後にして再びしばらく歩くと、今度は登り階段が現れた。

クリスが立ち止まっておれたちを見つめる。この先、登り切った後が隠し部屋になっていて、教皇の間に繋がっているらしい。私室ではなく会議や謁見に使う場所らしいので真夜中の今はいないだろうが、いよいよである。

「行くわよ」

「うん」

階段を上った隠し部屋は、映画なんかで見るような秘密基地のようになっていた。壁には覗き窓がついていて、向こうからはバレないように様子を窺えるようになっていた。

変なパイプがいくつも通っており、こちらは教皇の間での会話が聞こえる仕組みなんだとか。

ソファなんかの調度類があり、こっそり待機するにはかなり過ごしやすそうな部屋である。

覗き穴をこっそり見ると、魔道具らしいシャンデリアに照らされた大きな空間が見えた。赤いカーペットが敷き詰められたそこは、いかにも厳かな空間に見える。

「……なんか、人がいるんだけど」

「まぁ、それを狙って今日にしましたからね」

「教皇《きょうこう》と……聖堂騎士団だな。イスカールもいる……」

クリスが鋭い視線を向けて拳を握った。少しでも気持ちが落ち着くよう、クリスの拳に手を重ねる。

氷のように冷たくなった拳が解かれ、おれの手をぎゅっと握り返してくれた。

「さて、始めますよ」

♀　♡　♀　♡　♀

教皇と聖堂騎士団の奴らは酒盛りをしているようだった。法衣を身にまとったおっさんも何人かいるが、クリス曰く「腹心だけ」とのことだ。真面目な人……というと語弊があるかもしれないが、信仰心が厚い人間はあまり出世しないらしい。

だから中枢《ちゅうすう》が腐ったんだろうな。

椅子や机が並ぶ中、教皇が盃《さかずき》を片手に口を開いた。

「逃げたクリスを未だに処分出来ていないことは気にかかるが、対外向けには魔族の暗殺として発表を済ませた。我が孫、イスカールも無事、聖都へと帰還したことじゃし、一区切りじゃの」

教皇が視線を向けると、ピカピカの金属鎧に身を包んだイスカールが立ち上がる。

「この度、聖堂騎士団の団長に就任するイスカールだ。前団長とは方針が代わり、戸惑うこともあるだろうが安心してくれ。元勇者・クリスほど締め付けるつもりはない」

ジョークのつもりなのか、くすくすと笑いが漏れる。

クリスが、痛みを感じるほど強く俺の手を握っていた。おれも同じ気持ちである。意図までは分からないが、馬鹿にされたニュアンスだけは伝わる。一生懸命やってきたことに唾を吐かれて何も感じない人間なんていない。

環ちゃんがニッコリ笑いながらスマホを操作していた。妙な凄みを感じる笑みなので環ちゃんも内心ではブチ切れていることだろう。

イスカールはイイ空気吸いながら団長就任《しゅうにん》の挨拶をすると雑談に入っていく。

それぞれが食事や酒を楽しみながら雑談に興《きょう》じるが、内容は今さっき触れられたクリスのことだ。

「クリスを追跡する魔道具はまだ不調なのか？」

「神代の魔道具ですので破損したとは思えませんが……依然《いぜん》として反応が出たり消えたりしておりますな」

おそらくは転移魔法のせいだろう。

おれたちは何度も日本と行き来しているので、向こうからすれば急に出現して突然消えるように見えているんじゃないか。

「クリスが魔族に殺されたと発表した以上は、次の勇者であるリアーナをもっと前に押し出さねばならぬでしょう」

「ふぅむ……クリス討伐《とうばつ》にばかり人員を裂いてはおれませんな」

「いっそのこと、しばらくは無視してリアーナのサポートに徹しては？」

「それで？　クリスが現れたらどうする？」

「魔族の邪悪な魔法で死体を弄ばれているとでも言えばよかろう。その前に似顔絵付きの手配書で〝偽クリス〟を指名手配することもできるだろう」

「なるほど！」

反吐《へど》が出るような会話をしながら笑いあう聖教国首脳部だが、突如《とつじょ》として空気が一変することになる。

バンッ、と勢いよく扉が開かれ、兵士が駆けこんできたのだ。

「きょっ、教皇様！　会話が外に――」

「何？　どういうことだ？」

『何？　どういうことだ？』

兵士に問いかける教皇の言葉が、一拍遅れて外から聞こえてきた。

思わず環ちゃんをみれば、ニマニマと笑いながらスマホを採音用のパイプに近づけていた。

分かった……大鐘楼の仕掛けだ。あそこに設置していたスピーカーで、この部屋の会話を国中に流しているんだ。

怒っているのは理解していたけれど、まさかここまでの暴挙に出るとは思わなかった。

「い、いったい何が……！」

『い、いったい何が……！』

「クリスさん、あまねさん。時間を稼いでください。神の鉄槌を下します」

言いながらスマホに向けて語りかけた。

『聖教国の皆さん、聞こえていますか』

くわん、くわん、と反響しながら外に響く環ちゃんの声。

『真実は今聞いた通りです』

「でっ、デタラメだっ！」

教皇の間でイスカールが叫ぶが、すでにスマホはパイプから離されている。

『腐敗したこの国の首脳部は私腹を肥やし、我欲《がよく》を通すために真の勇者クリスを生贄にしようとしました』

「どこだっ！　探せ！」

「クソ！」

『我らの信仰に唾《つば》を吐いて嗤《わら》っていたのです』

騎士たちが机を蹴飛ばして剣を引き抜くが、隠し部屋の位置を把握していなかったらしくきょろきょろしている。

「いくか」

「う、うんっ」

クリスと一緒に隠し部屋から飛び出す。

周囲の視線が一気に集まって息が詰まりそうになるが、クリスはおれも含めて守ってくれるつもりなのだろう。細剣《レイピア》を構えて周囲を威嚇《いかく》していた。

「死にたい奴から掛かって来い」

ぐ、と周囲が怯むのを感じる。数で押せばクリスも危ないだろうけれど、勇者をしていただけあって個の力では敵わないらしい。

騎士たちが様子を窺っている間にも環ちゃんは国民に向かって語りかけ続けている。

『しかし、神は敬虔なる信徒を見捨てません』

「何をしている！　囲んで殺せ！」

「最初に攻撃してきた者は、何があっても殺すわ」

教皇が騎士たちに命じたが、クリスの宣言によって動けなくなっていた。誰しもが最初の一人になりたくないのだろう。

『各地の教会に務める者は武装を解除してください。敬虔《けいけん》なる信徒の皆さんは獣《けだもの》のように感情に任せるのではなく、理性をもって見極めてください』

しびれを切らしたのか、イスカールが部下たちに直接命令を下す。

「私が最初に弓を射る。それに合わせて全員で掛かれ！　良いな!?」

『これからあらゆる帳簿を改めます。信仰には何の関係もないガラス細工や胡椒を買いあさっていた者は、相応の報いを受けることになるでしょう』

ガラス細工に胡椒って……環ちゃんが日本で仕入れて売りさばいてた奴か！

目玉が飛び出るほどの金額を踏んだくったって言ってたけれど、確かにまともな経営をしていれば、そんな金を捻出できるはずもない。金をせしめるだけじゃなく、踏み絵としての機能もあったようだ。

『敬虔なる信徒は恐れずに沙汰《さた》を待ちなさい。自らに後ろ暗い事がなければ、恐れることはありません』

クリスに矢が飛んだ。

しかし避けるまでもなく、クリスはそれを剣で打ち払う。同時に動き出した騎士たちを火魔法で牽制をしながら次々に切り伏せていく。

おれも魔法で加勢したいところだが、タイミングがつかめなくて見てるだけになってしまう。

……いや、回復役だと考えよう。

クリスに何かあったらすぐに治す。

より強い魔法を。より強い力を。

クリードさんのところのちびっ子を治療した時のように、大きな怪我を治したい、と強く念じる。

あの時とは違ってすぐに魔法が思い浮かぶことはなかったけれど、胸の奥に何かむずむずするような感覚があった。このまま念じていれば新しい魔法が生えてくるかもしれない。

戦い続けるクリスから目を離さないようにしながら、しかし心の中で強く祈り続けた。

舞うように細剣《レイピア》を振るい、炎の花が咲く。

場違いだし馬鹿なことを考えているって分かっているんだけど、戦っているクリスは綺麗だった。

自分よりもずっと大きな騎士たちを圧倒し、簡単に行動不能にしていく姿は爽快感すらある。

あっという間に騎士は半数以下に減った。多くの者が切られ、あるいは焼かれて床に伏せて呻《うめ》いていた。こいつらがやってきたことを考えるとはらわたが煮えそうになるけれど、クリスは殺してはいないようでどこかホッとしてしまった。

法衣を着た連中は魔法職かと思いきや、戦うことができない司教や枢機卿《すうききょう》だったらしく、真っ青な顔で震えている。

このままおれたちが押し切るのも時間の問題かと思っていると、再び部屋の外から兵士が駆けこんできた。

「た、大変です！　大聖堂に民衆が詰めかけています！」

「……きょ、教皇様！　一体どうすれば――」

「ッ!?　教皇猊下《きょうこうげいか》はどこだ!?」

「い、いないっ!?」

いつの間にか、教皇は姿を消していた。

「……逃げたようね。まだやる？」

は、と弾む呼吸を整えながら残党に向けてクリスが問いかける。

クリスも相当厳しいだろうが、それでも顔色一つ変えずに騎士たちを睨めば、からりと騎士剣が床に投げ捨てられた。

「妙な真似をしたら殺すから」

騎士たちの手足を縄で縛っていく。ついでに枢機卿や神父も縛って転がすが、やはり教皇の姿は見えなかった。

「……イスカールの姿もないわね」

眉根を寄せたクリスが浅い呼吸をしながら呟いた。じっとりと汗を掻いていたので、少しでも負担を減らすべく回復魔法をかける。

「ありがと」

「このくらいしか出来ないからね」

「ううん……ありがと」

クリスはおれの頭を撫でながら改めてお礼を言ってくれた。むしろ守ってもらったおれの方が感謝するべきだと思うんだけど。

『暴力を許してはいけません。混乱に乗じ、誰かを傷つけたり何かを盗もうとしたりする者にはより大きな罰が下るでしょう。神のしもべに恥じない行動を取ってください』

大聖堂に詰めかけたという民衆を落ち着かせるべく、環ちゃんが繰り返し語り掛けていた。

「教皇とイスカールを追う」

クリスの宣言に全員が頷く。教皇の間を出て廊下の窓から外をみれば、松明やライト系の魔道具らしき物を持った民衆がぎゅうぎゅうに押しかけているのが見えた。

遠くから見ても分かる圧力に環ちゃんの顔も心なしか引きつっている。

「……ちょーっとやりすぎちゃいましたかね？」

「騙され続けているよりは良かったでしょ」

クリスはあっさりと言うが、よくよく考えるとこれって革命とかクーデターとかそういうのだよね。おれたちが扇動したことで国家転覆とかシャレにならない気がする。

なんかとんでもないことをした実感が湧いて来たけれど、ぱっと解決できるようなものではない。とりあえずクリスについて廊下をずんずん進んでいく。

「……あまねさん。もしかしたら、この騒ぎを落ち着かせるのに力を借りるかもしれません」

「うん。できることなら何でもする」

もともと環ちゃんはおれとクリスのために色々やってくれたのだ。

過激すぎると言えばその通りだけれど、クリスの冤罪《えんざい》を立証しつつ相手に意趣《いしゅ》返しをして、さらには国家レベルの悪事を暴くという一石三鳥の行いだ。

廊下を進んでいくと、大聖堂の由来にもなった巨大なホールに辿り着いた。吹き抜け二階で、サッカーコートがすっぽり入りそうなサイズだ。最奥には祭壇《さいだん》があり、それを囲むようにベンチがたくさん設置されている。

祭壇の後ろには大鐘楼と巨大な魔物がモチーフになった巨大なステンドグラス。天井や壁にも所狭しと絵画が描かれていた。フレスコ画っていうんだっけ。

おそらくは大鐘楼を使っての建国神話を描いたものだろう。クリスがそんな説明をしてくれていた気がする。

ステンドグラスから差し込む夜のわずかな明りだけが光源だ。絵柄まではよく見えないが、壁いっぱいに絵が描かれている絵画は、それだけで圧巻だった。こんなタイミングでもなければ、天井まで飛んで行って撮影しまくっていただろう。

反対側の出入口は閂《かんぬき》で閉じられているが、外から騒めきとともに扉を叩く音が聞こえた。

押しかけた民衆が中に入ろうとしているのかもしれない。

「教皇たちはどこに……？」

辺りを見回すと、ベンチの一部が乱雑《らんざつ》に退かされた場所があった。

暗くて見えなかったが、床のタイルが一部引き剥《は》がされている。

「……隠し通路か」

「どうする？　行く？」

「もちろん」

石造りの階段を降りていくと、魔道具が設置された通路へと辿り着いた。ホールなんかよりずっと明るく、壁面に不思議な紋様《もんよう》がびっしりと刻まれているのが見えた。

正直、ちょっと気持ち悪いデザインである。ホラー映画っぽくてゾクゾクする。

撮影役を熟している大悟がカメラを向けてくれているので、おれはあんまり見ないようにしよう。

「あまね。大丈夫？」

「？　うん」

クリスに顔を覗き込まれて思わずきょとんとしてしまった。気遣ってくれるのは嬉しいけれど、過保護すぎる気もする。どっちかというとおれがクリスを守って男らしいところを見せたいんだけど。

「んー……おかしいですね」

「環ちゃん？　何が？」

「こういう隠し通路って基本的には外に繋がってるはずなんですよ。そうじゃないと万が一の時に逃げられないので」

確かにそうだ。

ゲームとか映画だと、枯《か》れ井戸や用水路、下水道に繋がっているのがセオリーな気がする。

「で、そういう場合は追い詰められてるのが前提なので、外にほど近い大聖堂じゃなくて一番奥とか、敵が入って来づらい場所に作ると思うんです」

「……逃げるための道じゃないとしたら？」

クリスの問いかけにみんな揃って首をかしげる。

「じゃあ、何のために？」

「……前に話した建国神話、覚えている？」

「大鐘楼で強い魔物を鎮めて、ってやつ？」

クリスは頷いて壁に指を伸ばした。気持ちの悪い紋様をなぞっていく。

「削れているから効果もずいぶん薄れているけれど、封魔と退魔の刻印魔法よ。それもかなり古い時代のもの」

「エッ⁉」

「だからあまねに大丈夫って聞いたでしょ」

つまり、おれがサキュバスだから気遣ってくれたわけだ。

わざわざ聞いてきたのはそういうことか。

……って待てよ。

「それってつまり、眉唾だと思ってた強い魔物がいるってこと？」

「可能性の話だけどね」

「で、でも何でわざわざそんなところに⁉　普通に逃げれば良いじゃん！」

おれの問いに答えたのはクリスではなく環ちゃんだ。

「……古今東西、悪事がバレた独裁者ってのはだいたいやることが決まってるんです。国を道連れにするか、そうでなければ――」

「そうでなければ？」

「大惨事を引き起こして事態をうやむやにした挙句、再封印して英雄として求心力を高めるとか、もしかしたら自分たちはまんまと逃げおおせるつもりかもしれません」
おれが予想できる範囲では最悪の事態だった。

# 五章

# 〝名付き《ネームド》〟

魔道具に照らされた通路の先には、部屋一面に刻印魔法が施された部屋があった。

中央には包帯と呪符でぐるぐる巻きになったものが、鎖で吊り下げられている。

あれが建国時に封印されたという魔物だろう。

包帯にも呪符にも刻印魔法らしきものが刻まれているし、濃密な魔力を放っていた。

「イスカール！　教皇！」

「……ここまで追って来たか」

呪符と包帯でミノムシみたいになった魔物の下、イスカールと教皇が何かをしているのが見えた。

「逃げ場はないわ。馬鹿な真似はやめなさい」

「……偉そうに命令するな」

教皇を庇うようにイスカールが前に出た。さすがにお爺ちゃんは戦えないだろうし、時間稼ぎをするつもりだろう。

「イスカールこそ、たかが勇者の従者《じゅうしゃ》如きがずいぶん偉そうな口を利くのね」

挑発するクリスに、イスカールが顔を歪《ゆが》める。

「ふん。勇者なんぞ我らに都合よく首を挿《す》げ替えるための人形でしかない」

「そう。私のことも、今までの勇者のこともそう思っていたの？」

「決まってるだろう。信徒共を騙《ばか》すための題目を信じ、発言力が強くなる前に貴族への贈答品にする。勇者ってのはそういうシステムなんだよ」

「贈答品……？」

「ハッ。勇者は還俗と同時に結婚させる。さもなくば勇者選定で見た目を気にする必要ないだろう。候補から落ちこぼれても使い道はいくらでもある」

イスカールは醜悪《しゅうあく》な笑みを浮かべた。

「騎士や枢機卿の情婦《じょうふ》にしても良いし、他国の王族に出荷しても良いからな……お前が助けたモモというガキも候補として育てるつもりだ」

「イスカールッ！」

クリスが飛び出し、細剣《レイピア》を振るう。イスカールは金属で補強された弓の端でそれを受け止めた。火花が散ると同時、クリスが魔法を放つ。紅蓮の炎がイスカールを包み込むが、イスカールは炎の中で笑い、そのままクリスの腹を思い切り蹴り飛ばした。

「ぐっ……！」

後ろに飛んだクリスは腹部を抑えながら着地する。

「ははは。火魔法が得意なお前を相手に、何の対策もしていないと思っているのか？」

「……炎熱耐性がある装備か」

「残念、無効化だ！　お前のカスみたいな魔力じゃ暖房代わりにすらならんぞ！」

イスカールが弓を引き絞る。魔道具なのか、何もなかったところに魔力の矢がつがえられた状態で現れる。

即座に放たれたそれをクリスが切り落としていく。近接戦闘ならば弓よりも細剣《レイピア》の方が強いのだろうが、イスカールはクリスを近づけまいとバンバン矢を撃ってくる。

「……時間稼ぎは無駄よ」

クリスも魔法で応戦を始めた。炎の矢が空中に出現し、イスカールの放った魔力の矢を撃墜《げきつい》していく。

そっか。イスカール本人には効かずとも、魔法そのものが使えないわけじゃないもんな。

クリスの炎矢とイスカールの魔力矢がぶつかり爆ぜる。

その中にクリスが飛び込み、イスカールへと迫る。

時間稼ぎに徹するイスカールの方が余裕はあるはずだが、それでもクリスが圧倒してした。騎士の中では強い方だとしても、勇者として最前線を切り拓《ひら》き続けてきたクリスには及ばないってことだろう。

「お祖父様！　まだですかっ!?」

「クソッ！　後は生贄さえ捧げれば封印は解ける！　クリスでも、後ろの奴らでも構わん！　誰かを殺して持って来るんじゃ！」

「させるわけないでしょ」

イスカールがおれたちに視線を向けたが、クリスはその隙を見逃さなかった。細剣《レイピア》の切っ先で引っ掛けるようにイスカールの指を一本切り飛ばした。

「ぐぅっ!?」

「ずっと後ろで見てたんでしょ？　よそ見してて勝てる相手だと思ってるの？」

「傀儡《かいらい》如きが調子に乗りやがって……！」

イスカールの気を削《そ》げばクリスの突破口になる。

それならおれのやることは決まっている。

イスカールの気を引いて、クリスが攻撃するだけの隙を作る！

「ク、クリスは傀儡なんかじゃない！」

足が震える。イスカールの射殺すような視線が怖い。でも、一度気持ちを言葉にすると、押し出されるように言葉が口をついて出た。

「クリスに縋《すが》って、重荷を背負わせて、おんぶに抱っこな奴が勝手なこと言うな！」

「……サキュバスのガキが、調子に乗りやがっ――」

「よそ見してて良いのって聞いたんだけど」

再びクリスがイスカールに接近した。ギリギリのところで躱されてしまうが、イスカールの頬がぱっくりと割れて鮮血が噴き出す。

イスカールも命の危険を感じたのか、大きく飛び退いて教皇の近くまで退避する。

その顔は憎々しげに歪められていた。

「イスカール、どうするのじゃ。生贄がいなければ――」

「大丈夫ですよ。お祖父様」

動揺する教皇に笑みを向けたイスカールは、そのまま自然な動作で矢を射った。虚を突かれた教皇の身体に魔力の矢が生える。

「ッ!?」

「生贄ならここに居ますから」

驚きに目を見開く教皇に、二本目、三本目と矢が突き立てられていく。深々と刺さったそれに満足したのか、イスカールは教皇の胸ぐらをつかみ、封印された魔物に向けて投げつけた。

「お望みの生贄だ！　さっさと目覚めてクリスを殺せぇっ！」

べしゃり、と水っぽい音が魔物の封印にぶつかると、黒い炎が呪符と包帯の隙間から漏れ出た。同時に吐き気を催《もよお》すような淀《よど》んだ魔力が嵐のように吹き荒れる。

「【極焔斬《フレアスラッシュ》】！」

クリスが濃密な魔力の炎を刃にして飛ばした。目が眩《くら》むような灼熱の斬撃が包帯を切り裂き、焼き散らす。

しかし、淀んだ魔力に変化はない。

否……包帯がなくなった分だけ、濃密になっている。

ずるりと包帯の切れ間から何かが零れ落ちた。がしゃん、と金属質な音を立てて地面に着地したのは、一揃《ひとそろ》えの鎧に見えた。

闇を塗り固めたような黒い金属の鎧は、兜まで含めると三メートル以上はあるだろう。人間が着るにはあまりにも巨大だ。

悪魔のモチーフなのか、巨大な巻角《まきづの》のついた兜と山羊を模した面頬《めんぼお》が異様な威圧感を放っていた。くり抜かれた目の部分に、昏《くら》い光が灯る。それは血まみれでぐったりしている教皇を片手で掴むと、頭上に掲げて握りつぶした。

絶句するおれたちの前で、血肉のシャワーを浴びる。鎧の継ぎ目や面頬の口からはクラゲのように細長い触手が大量に飛び出し、教皇だったものを掻き取るように鎧の中へと取り込んでいた。

鎧の視線がイスカールへと向けられた。

「我が字《な》は【躙り寄る死《ヴァニタス》】。久方ぶりの我欲と恐怖、なかなかのものであった。大儀《たいぎ》である」

鎧が喋った。強大な魔力に中《あ》てられたのか、イスカールは尻もちをついたまま動けずにいた。

「ひっ……あ、ああ！　私が封印を解き生贄を捧げたのだ！　ヴァニタスよ！　我が敵を屠り、地上に混乱をもたらしてくれ！」

「ふむ、封印を解いたのならば褒美をやらねばな」

「良し！　お前には造作《ぞうさ》もないことだろう！　助けてやったのだからそのくらいは――」

言葉を遮るように手が翳《かざ》される。

ガントレットの関節部分からウゾウゾと触手が伸び、そのままイスカールの首に絡んだ。あっさりと持ち上げられ、そのまま手のひらまで引き寄せられていく。

いつの間にかイスカールの首には【躙り寄る死《ヴァニタス》】の指が食い込んでいた。

「我が用意した褒美は最上の絶望と苦痛だけだ。心して受け取るが良い」

「ッ!?」

【躙り寄る死《ヴァニタス》】の鎧の留め金が外れ、溢れだした触手にイスカールが引きずり込まれていく。

「くはははっ！　良いぞ！　素晴らしい我欲だ！」

イスカールから何かを吸収しているようだった。【躙り寄る死《ヴァニタス》】は狂ったように哄笑《こうしょう》していた。

【躙り寄る死《ヴァニタス》】を刺激しないように、クリスがゆっくりと後退する。

「名付き《ネームド》……！　あまね、今すぐ逃げて。環は地上の人間も全員、聖都から避難する様に指示をお願い」

「な、何で――」

「私じゃ倒せない」

短い答えに、頭をぶん殴られたような衝撃が走った。

あんなに強いクリスが倒せない……？

じゃあ何でクリスは一緒に逃げないんだよ。

思ったことがそのまま口をついて出ていたらしい。クリスは強がるように笑った。

「勇者は〝守る者〟なんでしょ？」

「い、嫌だ！　おれはクリスと一緒に残る！」

「馬鹿なこと言わないで」

「だって――」

言い募《つの》ろうとしたけれど、背後から抱き寄せられてそのまま持ち上げられた。

「逃げるっすよ、先輩」

「大悟!?」

配信用の機材を環ちゃんに渡した大悟が、おれを肩に担ぐ。

「自分らが居ても邪魔になるだけっす」

「……ありがと」

「待って！　お願いだ、大悟！　降ろしてくれ！」

クリスの微笑みが遠ざかっていく。

道すがら環ちゃんがスマホを使って避難を呼びかけていた。勇者であるクリスが立ち向かっているから心配するなと言いながら、しかし何も持たずすぐに街から避難しろと告げる。

隠し通路の階段を駆け上がり、閂《かんぬき》を外して外へと出る。環ちゃんが繰り返し避難するよう放送していたにもかかわらず、多くの人が残っていた。突然飛び出してきたおれたちに困惑するが、質問をされる前に異変が起きた。

地震だ。

立っていられなくなるほどの揺れとともに鈍く低い音が響く。

おれたちも近くにいた人たちもバランスを崩して倒れる。

――直後。

大聖堂が破裂した。

そこから現れたのは、

「くっ、クリス!?」

血まみれになったクリスと、クリスの頭を鷲掴《わしづか》みにした【躙り寄る死《ヴァニタス》】だった。どういう方法か、地面を吹き飛ばしたらしい。

「……ここまでしても我欲も恐怖も碌《ろく》に持たぬとは……狂人の相手などつまらんな」

【躙り寄る死《ヴァニタス》】は吐き捨てるように呟き、クリスを投げ捨てた。

「クリスッ！」

「それに比べて外の人間は素晴らしい。我が姿をみただけで蕩けるような恐怖を感じておる……さて、次は我欲を頂くとするか」

瓦礫の山に投げ出されたクリスは動かない。おれはクリスの元まで全力で飛び、そしてありったけの回復魔法を掛ける。

「ひ、【癒風《ヒール》】！　【癒風《ヒール》】！　【癒風《ヒール》】！　【癒風《ヒール》】！　【癒風《ヒール》】！　【癒風《ヒール》】！」

何でだ。

クリスは勇者なんだぞ。

自分を犠牲にしてまでずっと色んな人を守り、助けてきたんだ。

すごく強くて、絶対に負けるはずがないんだ。

なのに何で……！

必死に回復魔法を送っていると、クリスが目を開けた。

「……あまね。逃げてって言ったのに……」

「そんなこと言ってる場合じゃない！　動いちゃ駄目だ！　どんなに魔法を使っても完治の気配がないんだ！」

「大丈夫よ」

おれを押し退け、ふらり、と立ち上がる。

どう考えても戦える状態じゃないけれど、クリスは身体から深紅の魔力を立ち上らせた。

【躙り寄る死《ヴァニタス》】。私ひとり殺せないなんて、名付き《ネームド》にしてはずいぶんと貧相なのね」

「……ほう。狂人ではなく自殺志願者だったか」

「く、クリス！　駄目だ！」

「あまね……ありがとう。あなたのお陰で、私は復讐者にならずに済んだ」

「クリス！」

「誰かを守り、助ける者――勇者として最期までこの命を使える」

「クリス、駄目だ！」

「お願い、逃げて」

追いすがるおれを抱き寄せ、口づける。

「大好き」

そして【躙り寄る死《ヴァニタス》】に向けて走り出した。

「我に立ち向かう蛮勇《ばんゆう》に、褒美をくれてやろう。——心して受け取るが良い」

淀んだ魔力が巨大な剣の形となり、そしてクリスを深々と刺し貫いた。

「死ね」

鮮血が飛び散った。クリスの鎧に施された刻印魔法が輝き、津波のような魔力が生まれた。しかしそれはクリスの身体に吸収されることなく、周囲に漂うだけだ。

違う。

こんなのは違う。

おれはクリスに幸せになってほしかったんだ。

普通の女子高生みたいに、普通の毎日を過ごせるようになってほしかったんだ。

嫌だ。

嫌だ嫌だ嫌だ嫌だ。

「あ」

声が聞こえた。

「あああっ！」

意味を成さない声が。

「ああああああっ！」

感情のままの慟哭《どうこく》が。

「あああああああああああああああああっ！」

それがおれの口から迸《ほとばし》っていることに気付いた時には、すでにそれは始まっていた。

今まで溜めた魔力。

配信で視聴者さんから得た魔力。

そして、クリスが刻印魔法で生成した魔力。

それらが全て、おれの身体に流れ込んで来る。

胸の奥にあった妙な感覚がせりあがるように大きくなり、そして弾ける。紫銀の魔力が全身から吹きあがり、身体中が燃えるように熱くなる。

本当に焼けているのかもしれなかったけれど、強烈な魔力の輝きのせいで己の身体すら見えなかった。

いや、確かめようと思えば確かめられたのかもしれない。

でも、そんなのはどうでも良かった。

ただ、クリスを助けたかった。

誰よりも気高く、誰よりも美しく――そして誰よりも優しい少女を。

燃えるような熱が、おれの身体と魔力との境目を溶かしていく。輪郭がぼやけていく。

クリスが召喚した魔力が津波のようにおれに押し寄せ、底が抜けた桶の如くすべてが吸い込まれていく。

――ああ、そうか。

――おれは今、創り変わっているんだ。

クリスを助けたいっていう想いと、配信やら何やらで延々と溜まり続けた魔力。

そこに刻印魔法がクリスの命と引き換えに生み出した魔力までもが加わり、おれが進化するための条件を満たしたのだ。

脳裏に浮かぶのは、自らの字《な》だ。

クリスを助けたい。それだけを願いながら、自らの名を口にした。

「【夜天の女王《リリム》】」

一三〇センチほどだった身長が一七〇近くまで一気に伸びる。四肢は華奢なままにすらりと伸び、シルエットがより女性らしい丸みを帯びた。胸元とお尻回りが苦しくなり、しかしきゅっとくびれた腰は少し隙間が出来た。

身体が成人女性のそれと同じに成長すると、銀髪が腰の辺りまで伸びた。同時に頭に生えていた角がより太く、長くなっていくのを感じる。

窮屈《きゅうくつ》さを払拭《ふっしょく》するように身体を伸ばすと同時、背中に生えた巨大な翼がばさりと空気を打った。

進化を終える。

おれの脳内には転生した時と同じく出来ることが本能的に刻まれていた。

今まさに命が零れ落ちようとしているクリスの元まで飛ぶと、抱き寄せる。

華奢な身体はドレスアーマーを纏っていても紙細工のように軽かった。紫銀の魔力でクリスの身体を包むと、口づけをして体内にも送り込んでいく。

細胞の一つまで。血液の一滴にまで魔力が染み込んだところで、唱える。

「【月光癒《エクストラヒール》】」

飛び散っていた血液が逆再生のようにクリスに集まり、身体の中に戻っていく。傷口が互いを引き寄せるように閉じ、完全に塞がる。

白く透明感のある肌には、傷の痕跡すら見当たらなかった。

「……あま、ね……？」

「クリス！　良かった！」

ぎゅぅっと抱きしめると、柔らかく温かな感触があった。

「その姿は……？」

「進化しちゃったみたい。名付き《ネームド》に」

「そう」

「クリスは、名付き《ネームド》になったおれは――」

「関係ないわ。あまねはあまねよ」

訊ねる前に、おれが一番欲しかった言葉が贈られた。

それだけ聞ければ充分だ。もう怖いもんなんて何もない。

クリスを支えながら立ち上がり、興味深そうにおれたちを眺める【躙り寄る死《ヴァニタス》】に向き直る。

「おい。何見てんだよ」

「永《なが》き時を生きてきたが、我以外の名付き《ネームド》への進化は初めて見るものでな」

余裕綽々《よゆうしゃくしゃく》と言った雰囲気の【躙り寄る死《ヴァニタス》】。

こいつのせいでクリスが死にそうになったと思うとすぐに怒鳴りつけてやりたいくらいにムカつく。

でもまぁ、コイツがおれたちを格下の雑魚だと侮ってくれていたお陰で勝つことができるのだから、許してやろう。

「珍しいものを見せてくれたのだ。――褒美をやろう」

「もっと珍しいものを体験させてやるよ」

「ほう?」

「完全敗北だ――封印なんかじゃない、お前を葬《ほうむ》ってやる。クリスを傷つけたことをあの世で後悔しろ。【淫蕩の宴《ルークリア・フェスティス》】!」

おれの言葉に応じて、魔力が薄く伸びて広がった。

「……ふむ？」

クリスは、名付き《ネームド》は別格だと言っていた。神話や伝承に残る、災害のような存在だと。

それは誇張《こちょう》でもなんでもなくただの事実だと、今なら分かる。

強い意志と膨大な魔力によって名付き《ネームド》になった魔物は、自らの望みに応じた権能を得る。世界の理を捻じ曲げ、書き換えてしまうほどの権能を。

何が起こるのかを舐めプで体感しようとした【躙り寄る死《ヴァニタス》】は、自らの変化に戸惑いながらも膝を突・・・いた。

「身体に力が入らん……なんだコレは」

教えるわけないだろ馬鹿。

「あまね？」

「大丈夫。おれの力でクリスを強化したから。今ならきっと、何が相手でも負けたりしないと思うよ」

「分かった。信じる」

サキュバスから進化し、クリスを助けたいと願ったおれの権能は基本的に戦闘向きじゃない。

回復や補助、状態異常なんかを引き起こす権能だ。

今発動している【淫蕩の宴《ルークリア・フェスティス》】は「えっちな経験に応じて強化《バフ》・弱体化《デバフ》が掛かる」という如何《いか》にもサ

キュバスらしいものだ。

他にもいくつか使える権能はあるけれど、どれもこれもサキュバスらしいものばかりである。

おれに好意を抱くよう洗脳する【魅了の紫瞳《ファシオネイト》】。

理性を薄くしてえっちな気持ちを我慢できなくする【奔放な獣《ライカントロプス》】。

ぶっちゃけ【癒風《ヒール》】の強化版である【月光癒《エクストラヒール》】以外はほぼ全てえっち関係だ。

薄い本やエロゲの主人公ならば垂涎《すいぜん》モノの権能である。

このタイミングですらこういう権能ばかりなことにおれ自身も若干引いているが、どの権能に関しても性能がぶっ壊れていた。

何しろ【淫蕩の宴《ルークリア・フェスティス》】には強化上限が存在しない。

環ちゃんの知識とおれの本能に導かれ、この数ヶ月で薄い本も真っ青の経験をしているクリスの強化倍率はおそらく一〇倍超過。

ただでさえ人類最強の一角である勇者として強かったのだ。

もはや人外と言っても過言ではないレベルである。

目の前のクリスからは大気を震わせるような気配があった。あまりの強さに、おれの本能が警鐘を鳴らしているのだ。

クリスの細剣《レイピア》が振るわれる。眩《まばゆ》い輝きが斬撃となって【躙り寄る死《ヴァニタス》】へと飛んだ。目が痛くなるほどの煌《きら》めきは煮えたぎったマグマのような強烈な熱だ。

斬撃が【躙り寄る死《ヴァニタス》】の金属鎧に当たる。

音などなく、そのままバターを切るように鎧が溶けながら切断される。肩口からバッサリと斜めに切り飛ばした一撃は普通ならば致命傷だ。

だが、ぐじゅぐじゅと耳障りな音とともに切断面から濁った魔力が噴き出した。そして身体の内側から魔力を道しるべに触手が伸びる。触手同士が絡んで引き合うと、二つに分かたれた身体がくっつき始めた。

「普通の方法じゃ倒せないのか……？」

「塵まで燃やし尽くして、それでも駄目ならまた考えましょ」

蛮族一直線な脳筋思考のクリスだが、今ならそれも実現可能だろう。

「倒せないはずない。だって膜をぶちっとしてないだけでクリスの経験は――へぶっ」

「余計なこと言うのやめなさいケダモノ」

ほら、復活しようとしている【躙り寄る死《ヴァニタス》】を前にしておれにツッコミを入れる余力まである。

「……先ほどまでとは別人じゃないか。否、我の力を縛っているのか……？」

あっさり正解を言い当てられて面白くないが、【淫蕩の宴《ルークリア・フェスティス》】は性的な経験が少ない者に対して強烈な弱体化効果がある。【躙り寄る死《ヴァニタス》】は見た感じ人間型だが、中身は触手だ。エロ同人に出演したことがなければ経験なんぞゼロだろう。

弱体化ですべての能力値が本来の一〇パーセント以下にまで下がっているはずなのだ。

自重を支えることすら苦しくなって膝を突いたことや、金属鎧が紙細工のように斬り飛ばされたことからも【躙り寄る死《ヴァニタス》】にがっつり効いているのは間違いない。

「なるほど、これが貴様の権能か、【夜天の女王《リリム》】よ」

断面がしっかり結合した【躙り寄る死《ヴァニタス》】は首でも鳴らすかのように兜を傾ける。どこか余裕を感じる雰囲気ではあるが【淫蕩の宴《ルークリア・フェスティス》】の効果は間違いなく効いている。

「観念しろ！　お前に勝ち目はないぞっ！」

「くくく……自らの力に酔うのは勝手だが、我を見くびってもらっては困るな。名付き《ネームド》同士、権能《ちから》比べと行こうじゃないか──【蝕《イクリプス》】」

瞬間、地面に魔力で紋様が描かれた。蜘蛛の巣のような形の紋様が怪しく輝き、そこから半透明の腕が飛び出す。青いもやのような腕はそのまま大地に手を掛けると、紋様からずるりと這い出た。

──苦悶《くもん》の表情を浮かべ、両目から血の涙を流したそれは、見知った人間の姿をしていた。

「い、イスカールッ!?　教皇も!?」

「……名付き《ネームド》に取り込まれたのではないのか」

うめき声にも似た風鳴りが紋様から噴きあがる。イスカールと教皇だけはなく、多数の人間が這い出してきた。

どれも半透明で、苦悶の表情を浮かべ血涙《けつるい》を流している。

「……亡者」

ぽつりと呟いたクリスは大きく飛び退き、後ろで様子を見守っていた環ちゃんからスマホをもぎ取った。

「地面から出てきた者に触らないで！　触られただけで生気を吸い取られるわよ！」

「さぁ、貴様ら人間の恐れる〝死〟が群れを成してやってきたぞ」

楽しげな【躙り寄る死《ヴァニタス》】が指揮者のように腕を振る。

同時、亡者たちが津波のように溢れ、生きている者目掛けて殺到した。

スマホに指示を飛ばしながら細剣《レイピア》を振るい、炎を飛ばしていく。炎は亡者たちを切り飛ばし、焼き払っていた。

「魔法を使える者が対応して！　属性は何でもいいから魔力で押し返すの！」

「あまねさん！　回復魔法です！　何でも良いので連発してくださいッ！」

環ちゃんに促《うなが》されて気付く。

そうだよ！　何でも良いならおれはほぼ無限の魔力を使い放題じゃないか！

今この瞬間も配信によって魔力が回復しているのだ。どういう訳か魔力の回復量はぐんぐん伸びている。視聴者《リスナー》さんが増えているのだろうか。

「【月光癒《エクストラヒール》】！　【浄化《クリア》】！　【癒風《ヒール》】！　【浄化】！　【月光癒】！」

ありったけの魔力を込めて、目につく先へと魔力を飛ばしていく。紫銀の魔力は亡者たちにぶつかると大きく弾ける。

ゲームのロケットランチャーを撃ち込んだ時のように亡者たちが吹き飛んでいくが、吹き飛んだ亡者を押しのけるように新たな亡者が召喚されていく。

「無駄だ。生ある限り死への恐怖は消せぬ」

「クリス！　おれが亡者を抑える！　だからソイツをぶっ飛ばしてくれ！」

逃げ遅れた人々に襲い掛かろうとする亡者に回復魔法をぶち込んでいく。規模が大きいので翼で空気を打ち、空高くへと飛び上がる。

亡者そのものはおれにとって大した脅威ではない。

だが、無限湧きとなればいつかはジリ貧に追い込まれるだろう。

クリスに望みを託《たく》し、一心不乱に使える魔法を連打した。

どれほどの時間が経っただろうか。

おれは碌に確認もせずデタラメに魔法を放ち続けていた。回復魔法なので逃げ遅れた人間に当たっても問題ない。

むしろ体力を回復したり不調を治したりするので逃げやすくなるだろう。さすがにほとんどの人間が大聖堂付近からはいなくなっていた。残っているのはおれとクリス、そして環ちゃんと大悟だけである。

亡者は今のところ何とか抑え込めているが、問題はクリスだ。

強烈な炎で【躙り寄る死《ヴァニタス》】を何度も焼き尽くし、斬り刻んでいるにも関わらず手応えがない。

ダメージを受けた先から濁った魔力に包まれ、触手が蠢《うごめ》いてすぐに回復してしまうのだ。

「無駄だと言っただろう？　貴様のような狂人でもない限り、何人も死の恐怖からは逃れられない」

「死より怖いものを知っているだけよ」

クリスは淡々と【躙り寄る死《ヴァニタス》】に攻撃し続けているが、その顔色はどんどん悪くなっていた。何度か回復魔法を飛ばしているが、戦い続けているせいで魔力が枯渇《こかつ》しかけているのかもしれない。

いくら【淫蕩の宴《ルークリア・フェスティス》】で強化されていても、無限になることはないのだ。

「死の恐怖って……もしかしてそれがあなたの力の根源ですか？」

環ちゃんがスピーカーを使って【躙り寄る死《ヴァニタス》】に問いかける。

「ふむ……？　賢《さか》しい者もいるようだな。正解だ――褒美をやろう」

「させないわよ」

じゅるりと伸びた触手がクリスによって焼き尽くされる。

一瞬だけだが狙われてしまった環ちゃんが真っ青な顔をしていた。当たり前だ。死ぬのが怖くない人間なんているはずがない。

おれがえっちなことで魔力を得るように、こいつは死への恐怖で魔力を得ているようだ。

おれなんかよりもずっと強烈なチートである。

――勝てない。

じわりと絶望が滲み出したところで、環ちゃんが声をあげた。

スマホから口を離し、おれを見つめていた。

「今からコイツの力の根源を削ります！　アドリブばっかりになりますけど、うまく合わせてください！」

「エッ⁉」

おれの意思確認もせずに環ちゃんはスマホを使って国内の人間全員に語りかけ始めた。

『敬虔なる信徒よ。腐敗した教会の内部に封印されていた邪悪が姿を現しました』

環ちゃんは芝居がかった口調で【躙り寄る死《ヴァニタス》】が如何に強く、理不尽で、邪悪な存在なのかを説明していく。

「た、環ちゃん⁉　亡者の勢いが強くなってるんだけど⁉」

恐怖を掻き立てたせいだ。当の環ちゃんはおれにグッと親指を立てながら言葉を続ける。

『ですが、心配は要りません。あの場にいた者は邪悪を祓《はら》う聖なる乙女の姿を見たはずです』

今度はクリスの説明……？

そんなことをしてもクリスの魔力に変化は――

『月夜に浮かぶ儚き乙女。神の遣わした慈愛の化身。その字《な》を【夜天の女王《リリム》】あまねと言います』

「おれぇぇぇぇ⁉」

なんだよ乙女って！　おれは男だぞ⁉

『あまね様は信徒に無限の慈愛を降らせ、亡者にすら哀憐《あいれん》の情を向けています。亡者を祓い、傷病に悩む者を癒す聖なる力を感じたでしょう』

いや、ただの回復魔法だよ！

『あまね様は仰いました。人の子よ、何を恐れる——我が寵愛を受けた真の勇者が剣を取り、死すらも切り伏せるぞ、と』

「言ってない！　言ってないよ!?」

『祈りなさい。あまね様の慈愛はあらゆる者を照らし、癒します』

……亡者の勢いが……減った……？

『祈りなさい。真の勇者たるクリスの刃は悪しき者を切り裂き、屠ります』

信徒たちが本当に祈り始めたのか……！

『祈りなさい。誰しもに等しく訪れる生命の終着点は、今この時ではありません。あまね様は、まだあなた方は死ぬべきではないと仰せです』

スマホを離した環ちゃんが、大声で怒鳴る。

「あまねさん！　いますぐ街中に魔法を降らせてくださいっ！」

「エッ!?」

「早く！　それがクリスさんのサポートになります！」

「う、うん！」

羽ばたき、空を飛びながら回復魔法をばら撒いていく。亡者がいてもいなくても関係ない。それどころか、人がいるかどうかすら確かめずに、放てる限りの魔法を放った。

紫銀の魔力が雨のように聖都を満たしていく。

降り注いだ回復魔法が、蜘蛛の巣状に張り巡らされた亡者召喚の権能に突き刺さっていく。

召喚途中の亡者を吹き飛ばし、――そして権能そのものを砕いた。

すべての亡者が消えていく。

おれの魔法が【躙り寄る死《ヴァニタス》】の権能を押し切ったのだ。

同時に、クリスがありったけの魔力を振り絞るのを感じた。

慌ててクリスの元まで飛べば、細剣《レイピア》の切っ先に太陽のような熱を放つ光球を生み出すところだった。

「【超新星崩撃《プロメテウス》】」

炎――否。

すべてを焼き尽くし、塵すらも残さない熱が【躙り寄る死《ヴァニタス》】に迫る。

両腕でそれを受け止めようとした【躙り寄る死《ヴァニタス》】だが、触れると同時に蒸発していく。

「なっ!?」

両腕が無くなり、そのまま身体までもが消えていく。

「何故だ!?　なぜ死を恐れぬ!?」

応えたのは環ちゃんだ。

「決まってるじゃないですか。古今東西、信仰の先には死の恐怖を克服するためのお題目ってのがあるんですよ」

天国や地獄などの死後の世界や、死者や魂の住処《すみか》としての冥界。

あるいは輪廻転生と解脱《げだつ》というシステム。

そのどれもが死への恐怖を払拭するための物だと環ちゃんは言い切った。

「自分の目で聖なる乙女の奇跡を見ているんです。死が怖いからこそ信じるんですよ」

とどめとばかりに環ちゃんはスマホに向けて――ゼリエール聖教国の信徒に向けて演説をした。

『祈りなさい。我らが女神が名付き《ネームド》の魔物を退けることを――我らは今、神話の出来事の中にいるのです』

もともとが宗教国家だ。

イスカールや教皇が騙し続けていたということは、つまり宗教に対してずっと真摯《しんし》だったということだ。

常識を破壊されるような出来事が起こり、この世界の技術では再現が難しい一斉放送による神託までもが下される。

その結果、誰もが祈りを捧げていた。

魔力の源泉を削られ焼けていく【躙り寄る死《ヴァニタス》】に、クリスが壮絶《そうぜつ》な笑みを浮かべる。

「お前の大好きな〝死〟がそこまでやってきたわよ」

紅蓮の魔力が吹き荒れる。

傷はおれが癒したが、致命傷を受けて吸収しきれないほどの魔力が発生したのだ。うねる魔力の奔流《ほんりゅう》は、今までの戦闘での消耗など感じさせなかった。

「滅びなさい」

魔力の熱が【蹣り寄る死《ヴァニタス》】の全てを溶かし、燃やし、そして焼き尽くした。

信仰心によって死の恐怖を上書きされ、力の源泉を失った【蹣り寄る死《ヴァニタス》】は、悲鳴をあげる暇すらなく消えた。

クリスの魔法によって熱を孕んだ空気が、風に散らされていく。

「終わった……？」

「終わったわ」

ぽつりと呟くと、クリスが応えてくれた。背後では環ちゃんが「フラグですよフラグ！　もう逆転案なんてないんでやめてください！」とか騒いでいるけれど、終わったらしい。

クリスが足場にしている大聖堂の瓦礫へと飛んでいき、クリスの目の前に着地する。

いつの間にか、遠くに見える山の端が白んできていた。

今までの人生で間違いなく一番濃厚で、危険な夜が終わりを迎えようとしている。

「ありがとう」

「何が？」

「前を向いてくれて。最後の最後まで、ちゃんと勇者でいてくれて。皆を救ってくれて」

おれの言葉に、クリスはへにゃりと口を曲げた。

何とも言えない、クリスにしては珍しい表情だ。

「もう勇者は懲り懲りよ」

言いながら、細剣《レイピア》を投げ捨てておれを抱きしめた。

「あまねさえ守れればそれで良いわ」

男としては不甲斐《ふがい》ないばかりだ。

それでも嬉しくなってしまうあたり、笑ってしまうほど単純だけれど。

「お、おれもクリスを守るから！」

「ずっと？」

「ずっと！」

「一生？」

「一生！　いや、何生《なんしょう》だって！」

「分かった……責任、取ってね」

おれの言葉に、クリスは柔らかく微笑んだ。

朝焼けの中で見たクリスの笑顔は、今までにみたどんなものよりも綺麗だった。

TSロリサキュバスの健全配信活動!

エンディングトーク

# エピローグ

【躙り寄る死《ヴァニタス》】を倒したは良かったものの、その後が大変だった。

何しろゼリエール聖教国のシンボルでもあった大聖堂は滅茶苦茶。本来ならば国のトップであるはずの教皇はすでに死亡しているし、それ以外の首脳部も半数以上が環ちゃんの暴露によって信頼を失っていた。

で、だ。

そんな状況で聖教国の人たちが信じられるものと言えば、国に裏切られても戦い続けた【真の勇者】クリスである。

「クリス様ばんざーい!!」

「勇者様に栄光あれ!!」

「助けてくれてありがとー!!」

そして、そのクリスに加護を授けた【聖なる乙女】もまた、数少ない信じられるものだ。

「あまね様ー!!」

「けがを治してくれてありがとうございます！」

「貴女に救われました!!」

加護を授けたってのは環ちゃんの捏造《ねつぞう》なんだけど、このタイミングでそれを暴露すれば今度こそ収拾がつかなくなるだろう。

「もうすぐ子供が生まれるんです！　あまね様の加護をお願いします！」

「クリス様ぁ！　こちらを向いてくださーい!!」

津波のように押し寄せた人を見下ろすと、キリキリと胃が痛む。

おれたちは大聖堂跡に突貫《とっかん》で作ったお立ち台に立っていた。

あの後、泥のように眠ったおれたちを起こしたのは、顔を真っ青にした環ちゃんだった。どうやら救った直後におれたちが寝ちゃったせいで、一部が暴動を起こす直前までいったらしい。

民衆を納得させ、前を向かせるためにもおれたちが演説をするハメになった。

「えっと、こんにちは」

お立ち台の上に取り付けられたスピーカーに語りかけると、挨拶だけで大歓声。いや、さすがにテンション任せ過ぎない……？

歓声が引くのを待って、環ちゃんに作ってもらった原稿案を思い出しながら喋る。内容的に色々と抵抗したんだけれど、環ちゃんもここまで大暴走するとは思っていなかったらしく泣き付かれてしまった。

「教皇の裏切り、そして建国時に封印されていた名付き《ネームド》の出現……皆さんにとっては大いなる試練と災いだったことでしょう」

しかし、と言葉を区切る。相変わらず広場はざわざわしているが、一応は聞いてくれているものと信じる。

「可愛い……さすがは神の遣いだ」

「美人です」

「……地上に顕現《けんげん》した女神様」

みたいな意見が聞こえてくるんだけど無視だ無視。お前らが暴動起こさないようにおれは身を切るつもりでスピーチしてんだぞ!?

「ですが、神は信徒を裏切りません。皆さんが乗り越えられるよう、真の勇者を遣わしたのです。勇者という制度は多くの悲劇を生み――そして腐敗の原因にもなりました。ですので、ここに宣言します」

さて、ここからが本番だ。

反応が読めないから怖いけれど、ここで宣言しないと同じことを繰り返すだろうからな。クリスのためにもおれが踏ん張るところだ。

「今日、この時をもって勇者を廃止します」

空気が震えた。

「クリスは勇者です。ですが、ひとりの人間です。国のために全てを捧げ、国のために命をなげうつことがあってはいけません」

住民たちが顔を見合わせ、おれを見つめる。視線に含まれているのは困惑。

ああ、駄目だ……こいつらは勇者に慣れ過ぎているんだ。

誰かひとりに重荷を背負わせることを普通だと思ってしまっている。

水を打ったように静まる広場に、ぽつりと言葉が漏れた。

「勇者ならそれが普通なんじゃないのか……？」

その言葉が、おれに火をつけた。アツくなるな、と自分に言い聞かせるが、止めることなどできなかった。

「そんなわけないだろう!?」

命を賭けて戦うのが普通？

ふざけんな！

「皆の家族が——兄弟が、子供が、友達が……大切な人が勇者に任命されたときのことを考えろよ！」

びりびりとスピーカーが大気を揺らす。

「勇者だからって理由で過酷な訓練を課されて！　命を賭けさせられて！　自分の大切な人がそうなった時に、お前らは笑顔で送り出せるのか!?」

慌てたクリスと環ちゃんがお立ち台に駆けあがってくるが、まだ言い足りない。

「それで、勇者に全ての重荷を背負わせた手で家族を抱きしめるのか!?　子供を抱き上げるのか!?　胸を張って『正しいことをした』って言えるのかよ!?」

「あまねさん！」

「あまね！」

「お前らが抱きしめた人が、抱き上げた子供が次の勇者になるかもしれないんだぞ!? おれは――おれはそんなの絶対に認めないからな！」

ぐいっと身体を引っ張られた。

「あまね……ありがとう。私は大丈夫だから、泣かないで」

「だって……！」

「悪気はないの。生まれた時から……ううん。生まれる前からそういうものだったってだけ」

悔しかった。ここまで命を賭け続けたクリスに、それが普通だとか当たり前だとか、そんな言葉をぶつけてほしくなかった。

クリスにぎゅっと抱きしめられ、それでも涙が止まらないおれの耳朶《じだ》に声が響いた。

「こ、子供が生まれるんだ」

さっき、おれたちに祝福を求めてきた人の声だ。

「生まれてきた子供に、こんな重責を背負わせたくない……！」

悲鳴のような言葉が、周囲にも少しずつ伝播《でんぱ》していく。

「俺の娘は結婚が決まったんだ……」

「ウチの息子は、乳離れが始まったばかりなの」

「孫が生まれたって連絡があった……まだ、一度も会えていないんだ」

「俺の娘が初めての彼氏に浮かれててな……そいつをぶん殴ってやらねぇと」

ざわめきは波のように広がり、誰もが自らの大切な人を言葉にしながら想っていた。

大きく深呼吸をする。クリスが手をゆるめてくれたので、再びスマホに向かう。今度は感情任せにはしない。

でもきちんと、おれの気持ちを話そう。

「みんな、勇者に助けられたことはあるか？」

もう、環ちゃんの考えてくれた台本なんて頭のどこにも残ってなかった。

「魔族との戦争で、先陣を切る勇者様を見たぞ」

「魔蟲に襲われた村に向かったたって聞いた」

「息子が熱を出した時、即座に森に行こうとしてくれた！」

呼応する人々に大きく頷く。

そうだよ。クリスはそうやって、いつでも皆を助けて、守ろうとしてくれてたんだ。

「おれは、ずっとクリスはすごいと思ってたんだ」

逃亡兵に狙われた時。

神殿騎士団に囲まれた時。

モンスターに襲われた時。

どんな時だってクリスは勇敢に立ち向かった。

「最初は勇者ってすごいって思うだけだった。でも、違うんだ」

クリスは誰よりも優しい子だった。

「好きな人を守りたいと思った時。大切な人を守りたいと思った時。おれの——おれたちの中には、少しだけ勇気が湧いてくるんだ」

【躙り寄る死《ヴァニタス》】に立ち向かった時や、イスカールと対決した時。おれは怖くて怖くてたまらなかった。

今まで殺しなんて創作物か、そうでなければニュースの中でしか見たことのないものだった。まさか本当におれに殺意が向けられるなんて思ってもみなかった。

思い出すだけで脚が震える。

「皆もきっとそうなんだ。本当に守りたい人のためなら、誰だって勇者になれるんだ。優しい気持ちがあれば、勇者になれるんだよ」

だから、

「皆が勇者に少しずつ背負わせるんじゃなくて、今まで勇者が背負っていたものを、少しずつ皆で背負ってほしい」

もう、誰かを生贄にすることがないように。

クリスみたいな想いをしなくて済むように。

言い終えたおれがスマホを元の位置に戻す。

代わりに環ちゃんが前に出て話し始める。

「私たちは変わります。変われるんです。いまこの時、過去の呪縛は消え去りました。新しい仕組みをつくり、誰かを犠牲にしなくてもいい国を目指したいと思います」

ああ、そっか。

そうだった……そういう流れにする予定だったわ。

環ちゃんが指で輪っかを作って合図するのに合わせて、おれは翼を広げた。

魔力をふんだんに使い、クリスを抱き抱えながら大空に飛ぶと、環ちゃんが深呼吸してからハッキリと宣言した。

「今ここに、あまね聖教国の樹立を宣言します!!」

♀　♡　♀　♡　♀

「国名を一新……？」

「そうです。革命を為した、とアピールし、勇者システムをぶち壊すには『今までとは違う国だから』が一番効きます」

環ちゃんはそんなことを言っていた。

「まぁ実際には汚職に手を染めていない神父さんとかを引っこ抜いてきて再編成して、あまねさんは信仰の対象になるだけですけど」

「御神体《ごしんたい》というか御本尊《ごほんぞん》みたいな感じ？」

「ですです。実務は全部丸投げして、どうしてもマズいと思ったところだけ口出しする感じですね」

あはは、と笑う環ちゃんは完全に目が座っていた。

確かにもうおれたちでは止められない流れが出来ている。だとすれば、流れの方向をコントロールするしかない。出来るだけ良くなるように。出来るだけ穏便に済むように。

革命という劇薬に対して穏便もクソもない気がするけれど、やれることは全部やる、ということで話は決着した。

そうして『あまね聖教国』が樹立したわけだ。

本当はクリス聖教国が良いって思ってたんだけど、当のクリスが拒否した。

「絶対に嫌。関わりたくない」

ぷいっと顔を背けられてしまった。

「……責任、取ってくれるんじゃないの？」

「うっ……ハイ」

そう言われてしまえば男としてクリスを守る盾になるしかなかった。

奇《く》しくも、おれも少しだけ〝背負う〟ことになったわけだ。

そんなこんなで新国家樹立と体制構築のためにおれたちは東奔西走することになった。

ここで役に立ったのが、今まで散々使い倒してきた転移魔法だ。

聖教国内を旅してきたからどこへでもアクセスし放題、というのもあって、悪いことをしていなくて有能な人材を各地からかき集めまくった。

ちなみにどうやって悪事の有無を判定したかといえば方法は簡単。大聖堂で暴露した時、クリスが捕まえておいた首脳部たちに全部吐かせたのだ。

地下の牢屋で鎖に繋がれた元・枢機卿や元・騎士の皆さんに、環ちゃんが良い笑顔を向けたのが未だに脳裏に焼き付いている。

「取引をしたことがある相手を教えてください。物忘れが激しい人は、あっても無くても変わらない頭の中を掃除しますからね～」

言いながら、わざわざ空輸したミミズグミを取り出す。

「ヴィっ、ヴィバガラド!?」

「な、なんということだ……！」

「や、やめてくれ！　死にたくないっ！」

環ちゃんが指をくりくり動かして、グミが生きているかのように動かしていく。本物がのたうってるように見えるので、おそらくどこかで練習してたんだろうな……環ちゃんだし。

大の大人たちが泣き叫び、泡を吹いて気絶したり失禁したりの大惨事になった。

「これを口に放り込まれるのと、きちんと思い出すの、好きな方を選んでいいですよ。裏帳簿とかもあるなら隠し場所を教えてくださいねー」

一人が命乞いを始めれば、残りも雪崩《なだれ》の如く後に続いた。

「全部話してくれるなら残りの人はもう不要ですね♪」

「待て！　ワシの方が詳しく話せる！　南部の取引はワシが仕切って――」

「じ、実働は俺がしていた！　どの地域に何を運んだかまで覚えているぞ！」

「帳簿の管理は私だ！　私の屋敷の隠し金庫に裏帳簿が――」

それぞれを別室に引っ立てて聞き取りを行い、すり合わせた。同時に「面倒だから左遷《させん》した人」「賄賂《わいろ》になびかない相手」なんかも聞き出したので、そういう人たちを中心に聖都に拉致――もとい招聘《しょうへい》しているわけだ。

唐突に転移してきた御神体《おれ》に声を掛けられたら断れないもんね。

……絶対に環ちゃん怒らせないようにしとこ。

おれは環ちゃんに渡されたリストの最後の一人を転移させ終えると、大きく息を吐いた。

環ちゃんはおれが拉致ってきた人たちを統率しつつ組織作り。

クリスは御意見番をしながら、兵士が消えた街の巡回。

さすがに撮影しきれないので配信は終わりにして、大悟は切り抜きやショート動画の作成に勤《いそ》しんでいる。

コメント欄とかひとかけらも見てなかったけど、どうなってるだろうか。

気になるけど怖いので触りたくない気もする。

とにかく、それぞれが目が回る忙しい思いをしていた。

おれは一日のうちに何度も何度も転移を繰り返したのでさすがに魔力が足りない。眩暈《めまい》も強くなってきたので、転移したその場にへたり込んで休む。

すでに【夜天の女王《リリム》】状態から、元のロリサキュバスに戻っていた。自由に変身できるし権能も使えるんだけど、ナイスバディのあっちは燃費が悪いのだ。

「はぁ……疲れた……」

大きめな瓦礫を椅子代わりに座り込んでいると、環ちゃんがひょっこり現れて手招きしてきた。

ローブを被って身を低くしているのは、今や時の人となったせいで周囲の目を気にしているのだろう。

「お疲れー……どったん？」

「司会進行が決まったんで押し付けて来ちゃいました。……あまねさんもお疲れ様です」

「ありがと。さすがにしんどいね……配信も切っちゃったし、魔力もカツカツだー」

「そんなあまねさんに朗報があります」

揉み手をしながらおれの耳に口を寄せ、小さく呟く。

吐息多めなせいで、ゾクゾクっと魔力が湧いてきてしまう。

「クリスさんが巡回中に空き家を借りてくれました」

「エッ」

「寝具も揃ってるそうですよ」

思わずゴクリと唾を呑みこむ。それってつまり、そういうことだよね!?

魔力のためって言ってあんまり乗り気じゃなかったクリスがわざわざおれのために……!

「ですから、こっそり行きましょう」

「う、うん！」

環ちゃんからフード付きの外套を借りて、姿を隠しながら移動する。

環ちゃんがおれの背中を触ってきたり腰に手を回したりするのでもう色々ヤバかった。

「アッ……駄目ッ……あれ、何で止めるの!?」

「駄目って言ったじゃないですか。五秒で矛盾しないで下さいよ」

「止めるのも駄目！」

「お家についてからのお楽しみですよ～」

環ちゃんもストレスとかが溜まっているのか、めちゃくちゃいたずらされる。

「んんっ……！　み、耳元でふーってしないでよ！」

「アッ、こら！　服の中に手を——!?」

「待って！　人通りがあるから待って！　あああああ止めないで!?」

しかもちょっと魔力が湧いてくるとすぐに止めてしまうので、おれとしては生殺しだ。

「ふーっ……！　ふーっ……！　ふーっ……！　ふーっ……！」

「息が荒いですねー♡」

いや、あの……魔力切れでふらふらしてるからマジでしんどいんですけど……！

い、意識が飛びそう……！

何とかクリスが用意してくれた空き家まで辿り着く。

中に入ってクリスの顔を見た瞬間、ほっとして緊張の糸が切れてしまった。

あっ……マズい……意識が……！

部屋の奥にリアーナの姿が見えた気がしたけれど、おれの意識は本能の波に呑み込まれてしまった。サキュバスとしての本能に。

「【奔放な獣《ライカントロプス》】……！」

♀ ♡ ♀ ♡ ♀

「んっ……」

朝。窓から差し込む爽やかな日差しに刺激されて目を開けると、綺麗な肌色が目に飛び込んできた。

シーツにくるまって眠っているのは環ちゃんだ。

その横にはベッドに倒れ込むようにしているリアーナの姿があった。

「……い、いったい何が……？」

呟いたところで、部屋のドアが開けられた。

そこにいるのは、しっとりした濡髪のクリスだった。

「……ケダモノ」

「く、クリスっ!?」

クリスはおれに冷たい視線を向けながら、肩にかけた手拭いでごしごしと髪をぬぐっていた。どうやら水浴びをしてきたらしい。

「えっと、おれ、何かした……？」

「覚えてないわよね……だと思った」

クリスの話によると、部屋に着くなりおれは【夜天の女王《リリム》】の権能である【奔放な獣《ライカントロプス》】を使ったらしい。

効果範囲にいる人たちをえっちな気分にして、理性のタガを外す権能のせいで、全員が獣のようになったらしい。

環ちゃんとクリスはもちろんのこと、おれの命を狙おうとした勇者候補のリアーナもそれに巻き込まれた。

「リアーナは謝罪させたかっただけだったんだけど」

魔力切れで腹ペコなおれは三人に襲い掛かった。権能のせいで碌な連携も取れなかった三人は各個撃破されていき、そして今に至るとの事である。

「……ケダモノ」

「うぅっ……はい。すみません」

最初の犠牲者にして、残る二人が終わった後、無理やり起こされて二回戦目を経験させられたクリスは非常に冷たい視線でおれを睨んでいる。

「あの、せめて服を……」

「着るの？　ケダモノが？」

「……ダイジョウブデス」

おれはクリスの前で正座していた。いや、ちょっと冷えるしさすがに恥ずかしいんですけれど。

やがて環ちゃんが起きてきたのだが。

「おはようございますー」

「おはよう。どこかで朝食を仕入れてきてくれる？」

「はーい」

もぞもぞっと服を整えた環ちゃんは当たり前のようにフェードアウトしてしまい、孤立無援である。

残る希望はリアーナだが、うっすらとした記憶の中ではクリスと同じく経験ゼロのリアーナもずいぶんと初心な反応だった気がする。

魔力ドバドバなせいでおれもやりすぎちゃった気もする。具体的に言うなら、リアーナは最初こそおれを罵倒していたけれど、最終的には泣き喚いたり命乞いしたりしていた。権能でゴリ押しして無理やり理解《わか》らせた状況なので非常に気まずい。

「んっ……」

あっ、起きた……起きたけど気まずくて目を合わせられない……っ！

ふいっと視線を逸らすと、生まれたままの姿のリアーナがおれに駆け寄ってきた。猫みたいな軽い足取りでおれの眼前に顔を寄せると、そのまま頬に唇を当てた。

「おはようございます、あまねおねえさま。昨日は可愛がってくださってありがとうございました」

「……エッ？」

「おねえさまのお陰で新しい世界への扉が開けましたわ。これからはクリスおねえさまや環おねえさまと一緒に可愛がってくださいまし」

「エッ!?　あの、えーっと……リアーナ、さん？」

「リア、とお呼びください。それとも……私ではご満足いただけませんでしたか？」

どどどどど、どうしよう!?

慌ててクリスに視線を向けると、おれを睨む視線がより冷たいものになっていた。温度測定しなくても分かる。絶対零度である。

「あまね」

「ひゃ、ひゃいっ⁉」

「リアーナのこと、許す？」

「エッ⁉」

「命を狙おうとしたこと」

「エッ⁉　このタイミングでそれ⁉」

「あの時はまことに申し訳ありませんでした……真実を知らずに暴れるだけだった私をもっとしつけていただきたいですが、お望みとあらば首級《くび》を差し上げます」

「待って待って待って待って⁉　話が呑み込めないから！」

ってていうかリアーナは何で目にハートマークが浮かんでるの⁉

もしかして洗脳系の権能も使っちゃった⁉

「【浄化】っ！」

「……？　ありがとうございます」

身の汚れは取れたみたいだけど、特に態度に変化はなかった。

「だ、駄目だ……素《す》だわコレ……！」

「あまねが許すなら私も受け入れる。許せないなら——首を刎《は》ねるわ」

「許す！　許すっていうか何でそんなエクストリームな二択なの⁉」

クリス曰く、この世界では一夫多妻制はそれほど珍しいことではないらしい。

いやおれもロリサキュバスだから零夫多妻なんだろうけど、ここはほら、精神的に、ね？

「もちろん正妻は私だけど」

「はい……？」

「……いや？」

「全然嫌じゃないです」

上目遣いに訊ねられて拒否なんかできるわけないじゃん。ズルすぎる。

「そもそもあまね相手に私一人じゃ身が保《も》たないもの」

「うっ……ごめんなさい」

返す言葉もないのでしゅんとして頭を下げる。

「もう良いわ」

「エッ」

「あまねがそうなのは元々分かってたし」

「えーと、ありがとうございます……？」

「出会った時からケダモノだったもの」

いや、それは違うんだけど……でも否定もできないような……。

「冗談よ。でもまぁ、このままだと本当に身が保たないとは思うけど」

「……それに関しては本当にごめんなさい」

「良いわ。どうせ環に色々焦らされたんでしょ？」

バレテーラ。

どうやらクリスと打ち合わせしてるときに環ちゃんが「最高の状態に仕上げてから連れてきますから！」とか吹いていたらしい。

それでああいうことしてたんだ。ふーん。へぇ……。

「ご飯買ってきましたよー！」

丁度環ちゃんが戻ってきたところで、環ちゃんとおれ自身にも【浄化】を掛ける。病気を治すだけじゃなくて綺麗にもなるからね。

汗とかで汚れた後はぴったりな魔法である。

「……」

「クリスにも掛ける？」

「お願い」

皆で綺麗になったところで支度を整えてご飯だ。

「今日も忙しくなりそうですねー」

「そうね……がれきの撤去に新体制のチェック。各地の巡回もした方がいいかしら」

「おれの仕事はだいたい終わったから付き合うよ！」

「はい？　何言ってるんですか？」

クリスのサポートに徹しようと思ったら環ちゃんに怪訝《けげん》な顔された。

「むしろ各地の巡回をするならあまねさんがメインですよ？」

「エッ!?」

「御神体なんですから、しっかり着飾って可憐さと荘厳《そうごん》さを見せつけないと」

「信徒たちの気持ちを落ち着けてあげて」

「いや、それならクリスが――」

「嫌」

「エッ、でも――」

「嫌」

「その、あの――」

「嫌」

「えっとね、――」

「嫌」

ああうん。もう祭り上げられたりはしたくないんだよね。

分かった。

分かったよ！

「クリスのためだからね……とりあえず衣装とか台詞を教えて。出来るだけやるよ」

一応、おれの名前を冠した国なのだ。

「そばに居られると邪魔なので、大悟《あにき》も連れてってくださいね」

酷い言いようだけど、除け者にするのは可哀想なので頷いた。

「よーし、それじゃあやりますか」

♀　♡　♀　♡　♀

転移を使って街にたどり着くと、すぐに傷病人を集めさせる。

【夜天の女王《リリス》】になってからというもの、魔法の威力は良い感じに向上したし【奔放な獣《ライカントロプス》】のお陰で魔力もたっぷりある。

さらには配信もしているので枯渇する心配もない、と最高のコンディションだった。

軽い傷病の人はさくっと治し、歩けないほどの重傷、重病の人のところまで歩いていって魔法をかければ完了。

「心配することはないよ。すぐに落ち着くから」

出会った人々にそんなことを言いながら次の街へ。

ちなみにクリスはおれの護衛と、各街での治安維持要員だ。懐に捕縛用の魔道具とか縄とかを準備して待機。時々おれの代わりに街の人に声を掛けたり、街の人に声を掛けられたりもしていた。

誰もがクリスにお礼を告げるのと「これからは私たちも背負う」と言ってくれるのが嬉しい限りである。

大悟もそんな街の人々と、ちょっとテレているクリスを粛々とカメラに納めてくれて有難い限りである。

あとでクリスの名場面切り抜きを個人的に作ってもらえることになったので、美人な女の子が患者さんの時だけ顔のズームとかしてたのは黙っててやろう。下着とかだったら環ちゃんに通報していた。

……というのをン十回ほど繰り返したおれたちは、聖都に戻ってきた。

すでに日はとっぷりと暮れ、魔道具の光や篝火が聖都の闇夜を切り取っていた。

仮設の新首脳部宿舎まで赴いて環ちゃんを回収したら日本に戻るか。

「ふぅ……疲れたっす」

「大悟もクリスもありがとうね」

「構わないわ。私も楽しかったし」

「自分はそろそろ帰りたいっすね……視聴者さんたちから切り抜きとかショート動画をせっつかれてるっす」

「ほー？　視聴者さんたちはなんて言ってるの？」

「……知りたいっすか？」

「エッ」

「……本当に知りたいっすか？」

「い、一応はおれが配信主だし、このまま放置ってのも」

「まぁ、それはそうっすね……とりあえず、覚悟してから見た方がいいっす」

なんだよ！

そんなこと言われたら余計に怖いじゃんか！

ビクビクしながらタブレットを受け取る。深呼吸をしてから、コメント欄が映される設定のそれをクリスと覗き込んでみる。

『いえーい』『ようやく戻って来キュバス』『待ってた！』『ビビりすぎではｗｗｗ』『【このコメントは削除されました】』『【￥50000】クリスとの魅せ場はまだですか』『【￥50000】環に泣かされてほしい』『【￥4545】とりあえずキスしてほしい』『【このコメントは削除されました】』『【このコメントは削除されました】』『【このコメントは削除されました】』『【このコメントは削除されました】』

「ちょちょちょちょ、ちょっとストップ！」

コメントが多すぎておれの反応が追いつかない。

というかまず削除されたコメント多くない……？

「先輩とクリスさんがイチャコラしてるところを流してから、ずっとこの調子っすよ」

「えっと……？」

「良質な百合からしか摂取できない栄養を求めて百合ガチ勢が貼りついてるっす。隙あらば投げ銭《スパチャ》とともに理想のいちゃいちゃシチュについて要求《リクエスト》が来るっすよ」

「……ち、ちなみに削除コメントは？」

おれの問いかけに大悟が大きな溜息をつく。

「ホラ、先輩は普段から『これは健全な配信だー』とか寝言を言ってるじゃないっすか」

「ナチュラルにディスった!?」

「それに合わせてＮＧワードのフィルターを設定したっすよ」

「ふぃるたー？」

あっ、首を傾げるクリス可愛い……！

「特定の言葉を使えないようにしてあるんだよ」

荒らし的な暴言じゃなく、あまりにも露骨《ろこつ》なワードを片っ端から登録したらしい。

つまり、この削除コメントの群れはエッッッッッな展開を求める視聴者の叫びな訳だ。

「妄執《もうしゅう》みたいなものを感じるわね」

「こっわ」

「いや、むしろフィルターに引っかかってくれるのはまともな奴らっす」

心の底から疲れた表情の大悟曰《いわ》く。

本当にヤベー奴らは意味不明な比喩表現を用いることでＮＧを回避しているらしい。

「ち、ちなみにどんな？」

応えてくれたのは大悟ではなく視聴者さんたちだ。おれが見てなかった間に面白いコメントランキングなるものまで作ったらしい。

『環の演奏であまねをドビュッシーさせよう！』

『ベクターあまねとベクタークリスとベクター環で念心合体《ねんしんがったい》してくれ』

といった妙に捻った比喩表現がランクインしていた他、

『あまね攻略リアル《R》タイム《T》アタック《A》しようず！』『レギュレーションどうする？』『あまね《A》には《N》何しても《Y》良し%で』『草』『誰ウマ』

といった大喜利《おおぎり》っぽいものまで入っていた。

ちなみに番外編で『聖なる乙女が月光のような優しい手つきで勇者の心身を癒し満たす時、乾いた民の心を潤す聖なる雫が生まれん』とかいう寒いポエムだか予言みたいな怪文書が選ばれていた。

予備知識が足りず、頭の上に疑問符《はてな》を浮かべるクリスだけがおれの癒しだ。

つっこみ切れないのでとりあえず一言。

「何でこんなヤベー奴らがフィルターすり抜けてるんだよ!?」

『愛ゆえ？』『フィルター如きで我らは止まらぬ』『百合は綺麗なのでフィルタリング不要』『むしろ上品では？』『俺らのお陰でこの配信の健全さが保たれてるまである』

「ねぇよ！」

「ずっとこの調子っすね。どっちが攻めでどっちが受けか、とかでもかなり盛り上がってたっす。ちなみに――」

「いい！　言わなくていいから！」

大悟を止めながらも、視聴者さんたちが通常運転というか、楽しんでくれていたことにホッとする。

構ってる余裕なかったとはいえ、完全に放置してたからね。おれたちが【躙り寄る死《ヴァニタス》】に勝てたのは視聴者さんのお陰だ。

無限の魔力がなければ早々に詰んでいただろう。

そう考え、カメラの前で背筋を伸ばす。

「言うのが遅くなってごめん！　皆のお陰で勝てたよ！」

「ありがとうございました」

大悟が構えるカメラに頭を下げると、クリスも察して一緒にお辞儀《じぎ》してくれた。

瞬間。コメント欄が爆発した。

『良いってことよ』『俺たちも楽しませてもらった』『良質な百合をありがとう』『無事に勝てて良かった』『まぁあそこで負けたら配信終了だし勝つのは見えてたけどw』『めちゃくちゃ心配してた』『無事で何より！』

虚構《フィクション》として楽しんでいた人。

本気で心配してくれていた人。

エンタメとして眺《なが》めていた人。

色んなスタンスの視聴者がいたけれど、その全員がおれを支えてくれたのだ。

「後で改めて時間作るよ。でも、まずはお礼を言わせてほしい。ありがとう」

**『これは酷いｗ』『やりなおし不可避《ふかひ》』『解釈違《かいしゃく》いだわ』『あまねはもっとこう、イキった感じの方が良い』『環に理解《わか》らされるまでがワンセットでｗ』『それを言うならクリスに助けを求めて見捨てられるまでが至高』『草』『流石に笑うわ』『目に浮かびすぎたｗｗｗ』『幻聴で悲鳴まで聞こえたｗｗｗ』**

く、くそう……！

本気でお礼を言ってるのに！

「じゃあ後で環ちゃんも呼んでお礼配信……とか？」

**『良いな』『企画は環で』『環に考えさせよう』『環プレゼンツ希望』『誰もが望む環の企画ｗ』『っていうか狙いは涙目のあまねよな』『なみだめはかどる』『理解らせ希望』『悲鳴希望』『なみだめたすかる』**

「よく分からないけど、良いわよ」

「エッ!?」

俺に代わって了承してしまったクリスに視線を向ければ、助けてもらったんでしょ、と真っ当なことを言われてしまった。

「わ、分かったよ！　環ちゃんに企画を任せてみる……でもおれがそう簡単に思い通りになると思うなよ⁉」

『フラグｗｗｗ』『一級建築士だろコレ』『すでに笑えるのすごい』『楽しみだなー』『ここの切り抜き欲しいレベル』

くそー。絶対に思い通りにはなってやらないからな⁉

【蹦り寄る死《ヴァニタス》】の時は魔力がドバドバだった。結構な人数が視聴してくれてたはずだ。そう思えばお礼配信の一回や二回、なんてことない……よな？

そんなことを考えていると、宿舎から小さな影が飛び出した。

「あまねおねいちゃーん！　クリスおねいちゃーん！」

手が千切れるんじゃないかってくらいぶんぶん振りながら駆け寄ってくるのは、いつだったか森の中で迷子になっていたモモちゃんだ。

そういや、イスカールがモモちゃんの身柄を確保したとかって言ってたっけ……普通に考えたら聖都にいるよな。

満面の笑みを浮かべておれたちに駆け寄る姿を見る限り、酷いことはされていないようで一安心だ。

「モモちゃん！　久しぶり！」

「ひさしぶり！　あのね！　クリスおねいちゃんもあまねおねいちゃんもありがとうございますなの！」

「元気そうでよかった」

元気いっぱい抱き着いてきたモモちゃんに、クリスは目を細めて頭を撫でてやっていた。

「それで、モモはどうしてここに？　偉い人たちしかいられない場所だと思うけど」

「たまきおねいちゃんがここにおいでって！」

「……環ちゃんが？」

「うん！　おねいちゃんたちの役にたちたいっていったら『まずはみならいから』っていわれたの！」

「見習い？　何の……？」

そこはかとなく嫌な予感がして聞いてみたら、モモちゃんは満面の笑みを返してくれた。

「せいじょさま！」

「せいじょ……聖女!?　勇者システムをぶっ壊したと思ったら、次は聖女!?」

そんなの名前が違うだけで同じようなもんじゃんか！

思わず目を見開いたところで、仮設宿舎から黒幕たる環ちゃんが出てきた。護衛のリアーナも一緒だ。

「モモちゃーん、勝手に出て言っちゃ……あー……おふたりともお疲れ様です」

「環、説明して」

「聖女なんて駄目だよ！　せっかく勇者システムを無かったことにしたのに！」

「あー、いやいや、聞いてくださいよ、お願いします」

食って掛かるおれたちに環ちゃんがした説明によると。

「戦闘行為はなし。回復魔法のプロフェッショナルとして『聖女団』を組むことにしたんです。もちろん任期での拘束はしません！　妊娠中はさすがに駄目ですけど、既婚・子持ちも大歓迎ってことで」

派遣聖女団という、国境なき医師団みたいなものらしい。活動は国内がメインだけど、イメージ的にね。

「後、熱心な信仰をお持ちの美少女は、希望者を募って御神体《あまねさん》とのめくるめく一夜を――」

「クリス」

「分かってる」

クリスは言うが早いか懐から取り出した紐を引っ張ってきて環ちゃんを縛り上げた。

「何するんですか⁉　国の安寧とあまねさんの魔力供給と私の趣味と実益を兼ね備えた一石三鳥の――」

「ギルティ」

「ぎる……？　わからないけど、とりあえずそれは許さないから」

「モモちゃんなんて今から教育すれば最高の――ふがっ」

まったく反省しないので猿轡《さるぐつわ》を噛ませた。モモちゃん本人がいるところで何を口走ってるんだコイツは。

このままどこかの宿屋で朝までたっぷり理解《わか》らせてあげよう。今回ばかりはクリスも味方してくれるはずだ。

「おねいちゃん？」

「モモちゃんは何にも気にしなくて良いんだよ」

「えへへ」

頭を撫で、今日は帰って寝るように伝えた。教会で集団生活を始めたばかりとのことで、そっちにお友達がいるらしい。

……環ちゃんを近づけないようにしとくか。

でも派遣聖女団というアイデアは悪くない。おれも村や街を回ってきた直後だから分かるけれど、この世界ではけがや病気になると治療手段がかなり限られている。

無償で回復してくれる存在がいれば、あっぱらぱーな御神体《おれ》なんかよりもずっと頼りになるだろう。

でも、えっちなことは駄目だ。欲望に限りがないのはおれも身をもって体感してるし、きっといつか歪《ゆが》みになるに違いない。

「だいたい、おれは誰とでも良いわけじゃないからね！」

「もがっ!?」

「えっ!?」

「待って。何でクリスまで驚いてるの⁉」

「あそこにリアーナがいるの、見えてる？」

「……あの、その、……すみません」

いや、だからそれは事故なんだって！

環ちゃんを反省させたいと告げたところ、リアーナは「練習させてください！」と環ちゃんをひったくって先に空き家まで走って行ってしまった。昨日は何も知らない無知な子だったけれど、人生観が変わるくらいの衝撃だったみたいだから無茶しないか心配でもある。

……まぁ、そんなに遅くならずに合流するつもりだし良いか。

クリスと顔を見合わせ、ふたりそろって苦笑いした。

空き家までゆっくりと歩く。

「ねぇ、あまね」

「何？」

「私は『普通の女子高生』ってやつに近づけたかしら？」

こ、コメントしづらい……！

こんな爛《ただ》れた女子高生そうそういないよ！

「あー、うー……いや、その……」

「えっちな意味じゃなくて」

「それなら――うん」

「良かった」

クリスは相変わらず凛々しい雰囲気だし、あんまり表情を表に出さない。

でも、すごく柔らかくなった気がする。

なんとなく読み取れるクリスの感情を察して訊ねる。

「あまね、何か心配事？」

「クリスには隠し事できないね。聖女のことだよ」

勇者だって、建国時からあんな醜悪なシステムではなかったはずだ。医療としての聖女が容認されるならば、治安維持や求心力の向上、もしかしたら心の安寧のために勇者が必要だったのかもしれない。

長い年月が、クリスを始めとした勇者を生贄のように扱うシステムへと歪めてしまったのだ。

それを伝えるとクリスは笑った。

「大丈夫よ」

「何でそんなこと言えるのさ」

「確かに聖女システムも、時間が経てば歪められて悪用される可能性もある。でもね」

クリスはおれを後ろから抱きしめ、そのまま首筋にキスを落とした。

「この国に生きる人たちが止めてくれるはずよ。だから大丈夫」

魔力がむらむらと湧いてくるけれど、何だか誤魔化されている気がするので必死に身をよじる。

「だから、どうしてそんなこと言えるのさ！」

「この国の人、ひとりひとりが勇者なのよ？　おかしいと思ったら皆で声を合わせてくれるはずよ」

それに、といたずらっぽく笑う。

「この国の神様は、重荷を背負わされそうな女の子がいたら、放っておかないでしょう？」

「ッ！　もちろん！」

「だったら、信徒もそうしてくれるわよ」

そうなるように、おれたちがこれから国を導いていくのだ。

できることなんてタカが知れている。でも、出来ないと思っていたら、できるようにはならないのだ。

「ロリサキュバスになったと思ったら、とんだ建国シュミレーションになっちゃったな」

何しろ股間のマサムネも絶賛行方不明だしな。

「不満？」

「不満なんてないよ」

「なら良いわ」

クリスが甘えてきたので、それに応えることにした。

が、その前に。

大悟の構えたカメラにピースサインを送る。空き家の前まで撮影して配信を終わる、と言っていたけれどここから先は見せたくない。

「おれの配信は健全な配信だからね」

ここから先は、配信外だ。ニシシと笑うとクリスを抱き寄せ、大きな翼で包み込んだ。中で何をしたのかは、内緒ってコトにしておく。

〈おしまい〉

TSロリサキュバスの健全配信活動！

番外配信

# 「ボンバー野郎と罰ゲーム」

「ふふふーん♪　ふふふふーん♪　ふふふふーん、ふんふーん♪」

カメラの前。開始宣言の前に音声だけをONにして鼻歌を披露すると、さっそく視聴者さんたちが湧き立った。

『鼻歌可愛い』『【¥4545】おみみしあわせ』『【¥50000】ASMR出してくれ』『というか選曲……！』『鳥の詩《うた》とか懐かしすぎるだろ』『国家だから仕方ないね』『名曲は何年経っても名曲』『【¥2525】久々に心が洗われた』

「よし、それじゃあ始めるか」

画面もONにしてまずはオープニングトークだ。

いつも通りのワンピースに、いつも通りの髪型でポーズを取る。

異世界での一件が落ち着いてから数日。まだまだやることは山積しているけれど、おれの本業はあくまでも配信者。御神体は……バイト的な？

なにはともあれ配信をすることにしたのだ。無理にでも日常に戻らないと、いつまでもバタバタし続けることになっちゃいそうだからね。

おれたち全員、ちょこちょこ日本に戻ってきているけど、向こうが忙しすぎて配信もおざなりだったしね。

んで、久々に全員が日本に戻るタイミングが合致したので、皆でしっかり休暇を取ることにしたのだ。

大悟の大学も出席日数がヤバいし、環ちゃんも友達に心配されていたらしい。クリスとリアは日本の美味しいお菓子とかご飯を堪能しながらのんびりしたいとのことだった。

おれも何だかんだと読めなかった漫画の最新巻を読んだり、読まないまま積んであったラノベを消化したりしていた。

とはいえ、午前中ずっとそんなことをしていたので、ちょっと疲れてしまったのだ。

漫画は読み終え、ラノベもキリの良いところまで読んだってのもあって、手持ち無沙汰だったんだけど、皆もお出かけしちゃったのでおれは配信することにしたのだ。

ふーんだ。別に寂しくないし。視聴者さんが構ってくれるもんね。

ちなみに配信内容はまったくのノープランだ。

普段なら環ちゃんが考えてくれるからなぁ……ちょっと不安ではあるけれど、何か上手くいく気がしてるから大丈夫！　多分！

おれだって一人で頑張れるもんね！

「こんキュバスー」

ひらひらとカメラに手を振ると、視聴者さんからもさっそく挨拶が返ってきた。

「さて、今日は特にやることが決まってないんだけど、何をしたらいいと思う？」

『初手無策ｗｗｗ』『他力本願過ぎだろｗ』『内容決めずに配信は草』『エロゲの実況とかしようぜ』

「こらこら。おれの配信は健全な配信だよ？　エロゲなんて絶対配信しないから！」

『さっき歌ってたのエロゲの主題歌じゃん』『草』『こｗれｗはｗ』

「べ、別に曲を知ってるだけだし！　プレイしてるとは限らないじゃん!?　そもそも全年齢版もあるし、アニメも劇場版もあるんだからエロゲをプレイしたとは限らないだろ!?」

『急な早口ｗｗｗ』『焦りすぎでは』『がっつり詳しくて草』『曲を知ってるだけの人がアニメと劇場版のこと言及すんなよｗ』『このロリサキュバス、実にぽんこつである』『しってた定期』

「ぐぬぬぬ……！　はい次！　次の話題に移るよ！」

『逃げた』『強引な話題転換ｗ』『もはや隠す気もない逃げ方で草』

「うるさいうるさい。お前ら、寄ってたかっておれをいじめて楽しいか!?」

『滅茶苦茶楽しい』『メインコンテンツだろ』『環がいないので仕方なく……』

ちくしょう、味方がいない！

こんな時誰かがいてくれたら……あんまり助けてくれないだろうなぁ。

特に環ちゃん。

クリスだったら最終的には助けてくれる気がするけどね。

いや、どっちかというとおれは頼れる男でありたいけど……まぁ背に腹は代えられない。

そんなことを考えていると、配信している部屋のドアがガチャっと開けられた。

「あまね？　何してるの？」

「あっ、クリス！」

さっきまでお出かけしていたはずのクリスだ。手にはコンビニのロゴが印刷されたビニール袋が下がっていて、うっすらとアイスの容器が透けて見える。

「配信してた。クリスもやる？」

「……良いけど。寝室は片付けたの？」

「えっ？」

「昨日、誰かさんがマットレスに染みるほど――」

「あー！　クリス！　配信中だから！　皆聞いてるから！」

「知ってるけど」

だ、駄目だ……止まる気がしない……！

『ほー、マットレスに染みるほど、と』『【¥10721】これははかどる』『【¥50000】いいぞもっとやれ』『マットレスがどうなったのか知りたいｗｗｗ』『【¥50000】浄化なんてとんでもない。言い値で買い取ります』『オークション希望』

「か、片付けは後でやるから！　ほら、浄化なら一発だから！」

「……魔力が足りなくなったとか言い出さない？」

「い、言わない言わない」

あまり納得してなさそうな雰囲気だが、クリスは一応静かにしてくれることとなった。

が、その後ろからリアがひょっこり顔を出す。

「あまねおねえさま、魔法を使われますの？」

「あ、ああ、うん。後でね」

蕩けるような笑みを浮かべるリアに、なんとなく嫌な予感がする。

「では、その後は魔力を回復しないといけませんね！」

「えっ!?　い、いや、浄化一発ならそんなに――」

「一昨日買った手錠が届きましたの！　せっかくだからこれを使って――」

「わー！　駄目だって！　配信してるんだってー！」

「えっ!?　配信までしてくださるんですか!?」

「するわけないだろ!?　おれの配信は健全な配信なんだから！　あんなの配信したら一瞬でＢＡＮされちゃうよ!?」

『ほう』『なるほど』『BANされるようなことを致していると』『健全な配信だからダメということは？』『何をしてるのか知りたいなー？』『実演希望』

「ぬあー！　ふたりともアイス溶けちゃうから！　ほら、そっちのソファに座ってて！」

何とか配信画面から追い払うと、今度はコメントへの対応だ。

「別にやましいことはしてないからな!?」

『じゃあ何が染みたのか言ってみ』『シーツを貫通してマットレスまでいく水分量』『汗とか涙ではないよな？』『ペロッ……これはっ!?』『舐めるなｗｗｗ』『当然のように舐めてて草』

「もー！　今日は健全な配信だって言ってるだろ!?　汚いもの舐めるなよ！」

『今日は……？』『つまり普段は？？？』『本日限定の健全』『健全（強弁）』『誰も信じてないぞ』『あーうん、分かってる分かってる。そういうことにしとくよ』『雑対応で草』『【¥１９１９】はかどる』『健全だと舐めては駄目なもの……？』『汚くないから舐め放題ぺろぺろ』『さすがにコメント欄キモいなｗｗｗ』

「おねえさま、何かお困りです？」

「困ってるよ！　でもなんかリアが参戦すると余計に――」

「では環おねえさまに助けを求めてみません？」

「ヴェッ!?」

『草』『悲鳴たすかる』『カエルが潰れたような声をだす美少女』『すき』『かわヨ』『真面目にフリーズしてて草』『何かいい案をくれるに違いない』『環ならやってくれる！』

好き勝手なことを言う視聴者さんたちだけど、さすがに環ちゃんに助けを求めたりはしない。

もっと酷いことになるのが目に見えているし、そもそも配信中に電話とかで事情を説明するのはなんというか、こう、段取り的に……いやもうすでにぐだぐだな自覚はあるけどさ！

そもそも環ちゃんは学校に行っているので今は授業を受けているはずなのだ。

さすがに学業の邪魔をするのは申し訳ないからね。

そんなことを考えていると、尻ポケットに入れておいたスマホが震えた。

「ひゃぁっ、んぅっ!?」

……そこ以外に入れられるところがないんだけど、尻尾が近くてちょっと刺激強めなんだよ。

環ちゃんが通販で買った×××とか〇〇〇よりはずっと弱いけど、不意打ちだとびっくりする。

恐る恐るスマホに視線を向けると、そこには環ちゃんからのメッセージが表示されていた。

「ええ……？」

「あまね？　何で引いてるの？」

「いや、環ちゃんなんだけどさ。授業中だけどこの配信見てるんだって」

普段は一緒に配信してるのに通知ＯＮとかガチ勢すぎるし、そもそも授業中に視聴するのはフリーダム過ぎるでしょ。

まぁそんなわけで配信がグダっているのも、視聴者さんたちのコメントによっておれが苦境に立たされていることも丸っとお見通しだったらしい。環ちゃんからは打開策が送られてきた。

送られてきたんだけど、実行したくない……！

「……？　ちょっと貸して」

「アッ、クリス!?　待って！」

おれからスマホをとりあげたクリスは、当たり前のようにそれを読み上げる。

「『マットレスが濡れた原因はおねしょです。ロリサキュバスとして生後一ヶ月前後なのでおねしょくらい当然です』だって」

「もおおおお！　読み上げないでよ!?」

「あまねの代わりに読み上げてって環からお願いされたから」

おれが読み上げないことを想定していたらしい。

先手を打ちすぎである。

「……もしかして、リアも？」

「はい。自分に助けを求めることを提案してはどうか、と連絡をくださいました」

「全部環ちゃんの手のひらの上じゃねーか！　ここにはいないのに！」

「学校を早退して、すぐ帰ってくるそうですわ♡」

う、嬉しくない……まったく嬉しくないっ！

適当に切り上げて配信を止めるか、と手を伸ばしたところで濁流みたいな勢いのコメントが目に飛び込んでくる。

『おねしょは草』『デジタルタトゥー待ったなし』『これは酷いｗｗｗ』『ホントか怪しいけど死ぬほど笑った』『まぁそりゃぁ隠そうとするよな』『おねしょ恥ずかしいもんな』『生後一ヶ月なんだから恥ずかしくないだろ!?』『草』

こ、こいつら……！

「あっ！　あまねおねえさま。また環おねえさまから連絡が来ましたわ」

「えぇっ……今度は何……？」

「こちらは読み上げずに見せてほしいそうです」

この場にいない人にリアルタイムで配信を支配されることってある……？

ちらりとスマホに視線を向ければ、そこにはまたもや悩ましい提案が記されていた。

確かにこの方法なら視聴者さんたちも黙りそうな気もするけど、おれのメンタルとかがガリガリ削れていくんだよなぁ……。

黙り込んだところで、今度はおれのスマホに追加の連絡が届いた。

『実行してくれたらクリスさん食べ放題に協力しますよ♡』

「し、仕方ないよね……この場を収めないのは配信者として無責任だもんね……」

「あまね？」

「おねえさま？」

「うん、そうだよ……これは配信者としての責任感。抱き合わせ商法に釣られた訳じゃない……！」

決意を固めると、カメラの前で咳ばらいを一つ。

それから、不思議そうな顔をつくってカメラのレンズを覗き込んだ。

「おねしょをからかう人って、大っきらい」

頬を膨らませ、ぷいっと横を向けば環ちゃんの指示は完遂だ。

席に戻ってコメントを確認すれば、視聴者さんたちが手のひらをクルクルしていた。

**『からかうのイクナイ』『可哀想だろ！』『この中で生まれてから一度もおねしょをしたことのないも**

のだけがあまねタンを笑え』『ちょっと男子ィ！　あまねちゃん泣いちゃったじゃん！』『おしっこくらいしたくなるよね。人間だもの』『いやサキュバスだろ？』『↑無能』『あまねタンはあまねタンなんだよ！』

なんか前より酷くなった気もするけど、とりあえずはこれで凌《しの》ぎ切っただろう。

ふぅ、と息を吐き、おでこを腕で拭う。

こんな台詞を言わなきゃいけないことで精神的ストレスがすごかったせいか、汗で額が濡れていた。

「さて、良い感じに場も収まったことだし、改めて配信を――」

「あまね。ちょっと貸して」

「エッ……アッ!?」

横からにゅっと出てきたクリスがおれのスマホを奪い取る。当然ながら、そこに記されているのは、クリス食べ放題の文言である。

「……説明して」

「えっと、その、」

「許さない」

「ま、まだ何も言ってないよ!?」

「そうね。でも、とりあえず私の気持ちだけ伝えようと思って」

い、嫌な気遣いだ……！

「クリスおねえさま、落ち着いてくださいな。もうすぐ環おねえさまも帰ってきますし」

「そ、そう！　環ちゃん！　悪いのは環ちゃんなんだよ！」

「許さない」

「まぁまぁ、とりあえず聞くだけ聞きましょうよ」

待ってリア。何で君は良い笑顔でスマホを差し出してるの？

なんか通話中って表示されてる気がするんだけど。『たまきおねえさま』と書かれたスマホに冷や汗がじっとりと背中を濡らす。

「ぜ、前門の虎、後門の狼ってやつか……！」

**『勝手に追い詰められてて草』『基本的に自業自得よな』『クリスたその視線ゾクゾクして俺得』『個人的にはあまねに罵られたい所存』『所存、じゃねぇよ変態』**

「いや、だからあの――」

おれが言い訳を始めた途端に、再び部屋のドアが開く。

「えーっと、誰のせいなんですかね、あまねさん」

「たったたたったたっ、環ちゃん!?」

「はい、何か音ゲーみたいにリズミカルでしたけど環ですよー」

そこにいたのは、大汗を掻きながらも良い笑顔の環ちゃんだった。

「いやー、ギリギリでしたけど走って帰ってきた甲斐がありました」

じっとりと汗ばんだ環ちゃんは、軟体動物みたいにおれに絡みついてきた。汗の匂いと火傷しそうな熱気が服越しに伝わってくる。なぜか男と違ってまったく臭くないんだけど、魔力がジワっと湧いてくる。

「ヴァッ!?　環ちゃん!?」

「クリスさんへの邪悪な策略を私のせいにした悪いサキュバスにお仕置きをしにきました」

言いながらおれの首筋とか顎の辺りをツーッと撫でていく。

ゾクゾクと魔力が湧いてくるのに、どんどんお腹が減ってくる気がした。今すぐ配信を切ってベッドにルパンダイブを敢行したい――……

「ふーーーん」

「あっ、あの……クリス、さん……?」

「あまねのばか」

「違うんだよ!　あれは環ちゃんが、」

「許さない」

「いや、あの、その」

「ヘンタイ」

絶対零度の視線で睨まれた。何故か湧いてくる魔力の量が増えるのが納得いかないけれど、このままにしておくのは絶対にまずい。

具体的には、一緒にお風呂に入ろうとして追い出されたり、ベッドに潜り込もうとして追い出されたり、触ろうとすると物凄いスピードで逃げられたり、だ。

謝らせてもらうまでが長いし、その後も長いので何とか許してもらわねば……！

嫉妬しているクリスも可愛いんだけどね……！

どうしたものかと必死に考えていると、パンッ、と大きな拍手が一回。環ちゃんだ。

「さぁ、変な空気になっちゃいましたが配信中ですし、ゲームしましょうか」

「ヴェッ!?」

「ほら、クリスさんも。罰ゲームは私が考えますから、ここであまねさんをコテンパンにしちゃいましょ」

「……キツいのをお願い」

「ヴォッ!?」

「というわけで、第一回環カップの開催を、ここに宣言します！」

♀　♡　♀　♡　♀

「今回遊ぶのはこのゲームです」

環ちゃんがささっとテーブルの上を片づけて準備したのは、懐かしのスペリオール・ファッショナブル・ミル……略してスー・ファ・ミだ。

コーヒーミルにゲーム機能が付いているという画期的なゲームハードは、コーヒーを飲みたい親が動かしたせいでプレイ中のゲームデータが消えたり、淹れたコーヒーが掛かってカセットがショートしたりと、日本全国で悲劇を生みだしたことで有名でもある。

差さっているカセットは『ボンバー太郎！Ⅲ』で、こいつを使って遊ぶことにしたらしい。

「……これ、私もやるの？」

「おねえさま方の足を引っ張らないよう、がんばりますわ！」

**『なっつかしいな』『知らないゲームだ』『ナニコレ……？』『スー・ファ・ミのゲームか』『生後一ヶ月のあまねタンは初見のはず』**

クリスやリアも頭の上に疑問符を浮かべているし、視聴者さんたちの中にも見たことないって人がいるのでざっくり説明する。

「爆弾を設置して、相手を爆殺するゲームだね。せっかくだからプレイしてみよっか」

壊せるブロックと壊せないブロックがたくさん設置された平面マップ。最初は相手のところにたどり着けないので、壊せるブロックを爆破しながら進める範囲を広げていく。

「爆風は上下左右に広がって、壊せないブロック越しには広がらないんだ。でも、壊れるブロックの中にはボンバー太郎を強化する注射器が埋まってて――」

爆風の強化に、一度に設置できる爆弾の増加。

何で注射を打つと強化されるのかは不明だが、まぁゲームだからね。

「設置された爆弾を蹴れるアイテムとかもあるよ」

ちなみに爆弾は設置すると数秒後に自動で爆発するが、他の爆弾の爆風が触れると誘爆する性質もある。

これで最後の一人になるまで爆殺しあうのがこのゲームの遊び方。

おれが小学生くらいの頃からド定番のパーティーゲームである。

わいわいプレイしたくて買ったものの、友達がいなくてCPUプレイを……あれ、何か心が痛くなってきたぞ？

「ちなみに注射器はだいたい強化アイテムだけど、時々ハズレ注射器もある」

設置ボタンを押さずとも爆弾を垂れ流しにしてしまったり、コントローラーの左右上下がひっくり返ったり、移動スピードが半分になったり。

「この状態をガンギマリって言うんだけど、これがまた面白いんだ」

「……なんかすごいネーミングですけど、これって小中学生が遊ぶゲームですよね？」

「？　当たり前だろ？」

なぜか環ちゃんがちょっと引いてるけど、簡単なデモプレイをした後は練習だ。マルチタップを使って四人プレイにすると、クリスとリアにもコントローラーを配る。

こういうのは実際にプレイして慣れていくのが早いからね。

「さて、ここは爆破の先輩としてウルトラプレイで魅せたり、ダーティなプレイで実力差というものを理解らせてやろうじゃないか……！」

「あまねさん、フラグですか？」

「そんなわけないじゃん。いわばおれはプロだからね」

素人に負けるわけがない。なにせおれは小学生時代からやり込んでるからな！

……相手はＣＰＵだったけどね。


「あっ、待ってそこに設置されると逃げ場が！」

「ヴァッ!?　あー！　置いたばっかりなのに誘爆した！」

「うぁぁぁガンギマリ注射だ！　クリス助けてー！」


『草』『初心者に助けを求める自称プロ』『フラグの建築だけはプロだったな』『回収もな』『というかクリスが普通にうまい』『リアちゃんが爆風に突っ込んでくようにみえるんだけど……』『それより環の自爆上等なプレイよ』『誘爆で誰かを巻き込んで殺すとかサイコパスかよ』『サイコパスだよ（確信）』

「さて、練習はこのくらいにしますか。クリスさんもリアさんもルールは大丈夫ですか？」

「まぁ、多分」

「頑張りますわ」

「ま、待って！　もっと練習！　もうちょっとだけ！」

「何で一番の経験者が一番焦ってるんですか」

「い、一番の経験者だから焦ってるんだよ！」

あまりにも無様なところを晒すわけにはいかないでしょ！

クリスやリアが初心者丸出しなことをしたら可愛いけど、おれはかっこいい配信者枠になりたいのだ。

「大丈夫ですよ、あまねおねえさま！　負けても炎に焼かれると思えばキュンってしますわ♡」

「それはおそらくリアだけだから」

「あまね……諦めて。私は許さないから」

「く、クリス……ごめんって」

「駄目。反省して」

ちなみに今回は変則ルールで『罰ゲームポイント』なるものが付与されていく仕組みだ。

四人対戦なのでビリは問答無用でプラス五点。それから一位の人が、一人を指名してプラス三点になる仕組みだ。

そんなこんなで始まったボンバー太郎バトルだけど、まぁ……結果はあんまり言いたくない。

「ふぅ……そろそろ配信時間も長くなってきたし、ここまでにしよっか」

「駄目ですよ、何で罰ゲームの存在を無視しようとしてるんですか？」

「ほ、ほら！　時間が――」

「あまね。得点を読み上げて」

「い、いや、でもさ、」

「私が読み上げても良いけど？」

クリスは最初の宣言通り、おれを許してくれるつもりはひとかけらもないらしい。

「それじゃあ得点発表するよ……ハァ」

全部で三〇戦ほどしたんだけども、皆卑怯すぎるんだよ……クリスは最初から最後までおれを爆殺するためだけに動いてるし、環ちゃんは近くの人巻き込んで自爆テロを敢行するし！

まともにプレイしてたのはおれとリアだけだった。

そう、過去形だ。

なぜならリアは――

「クリスおねえさま！　リアは言いつけ通り頑張りました！」

「うん。良い子ね」

「えへへへへぇ」

何が何でもおれをやっつけたいクリスに説得され、あっさりおれの敵になったのだ。

「くぅぅぅ……！　クリスのハグとかなでなでとか……おれもされたいのに！」

「欲望ダダ漏れですけど、あまねさんの場合、毎ゲーム自殺しないと褒めてもらえませんよ？」

「くぅぅぅぅ！　これが格差社会か！」

『本気で悔しがってて草』『悔しがるとこズレてるだろｗｗｗ』『結局何ポイントだったんだｗ』『ずっと見てれば誰が負けなのかは一目瞭然だけどなｗ』

「とまぁ、誤魔化されても面白くないので最下位の発表です！　ほら、あまねさん」

「……一七八ポイントでおれが最下位です……！」

違うんだよ仕方ないんだよ！

だって一位になったら全員がおれを指名するし！　寄ってたかっておれを殺しに来るし！

「むしろこの状態で四回も一位を取った時点で実質おれの勝ちでは……？」

「現実逃避しないの。あまねの負け」

「……はい」

「さて、罰ゲームは何にしましょうか」

「はい！　私が縄であまねおねえさまを――」

「却下！　この配信は健全な配信なの！」

「ではあまねおねえさまが私を縄で――」

「本質的に何も解決してないからね!?」

リアは【奔放な獣】で色々と解き放たれちゃったせいか、ちょっと奔放になりすぎてる気がする……いや奔放というか、自分の欲望に素直すぎるというか。

しかも責められるのが好きらしく、ことあるごとに自分を差し出そうとするからなぁ。

「コスプレとかどうです？」

「た、例えばどんな……？」

「幼稚園児のスモックとかも美味しい気がしますし、夏だしお名前ゼッケンが付いたスク水も良いですよね。あとは……そうですね。首輪にケモミミとケモ尻尾とか」

「待って。そもそも服じゃない」

「服は着ませんよ？　ペット枠ですから」

環ちゃんも欲望を隠そうとしないよね……でもそんなマニアックなコスプレをするつもりはない。

首輪付のケモケモ装備とかそのままベッドでキャンキャン鳴かされる未来しか見えないし。

「却下に決まってるだろ!?」

「そうよ。さすがに駄目」

「クリス……！」

クリスがおれの前に立ちはだかってくれた。ここぞという時は味方になって――

「着替えに時間がかかりすぎるわ。それに」

み、味方になって……

「――そういう服になった時、あまねが我慢できるとは思えないもの」

味方になってくれてない……むしろまったく信用されてない！

いや、ある意味信頼されてるのかもしれないけど全然嬉しくない！

「お、おれだって我慢できるぞ！」

「私の食べ放題も？」

「エッ？！　良いの!?」

「ほら、もう我慢できてないじゃないの」

「こ、孔明の罠すぎる……！」

だってクリスだよ!?

我慢なんてできるわけないじゃんか！

唇を尖らせていると、クリスが白魚みたいな指でおれの唇をつんつんしてきた。

「私が何で怒ったか分かってる？」

「……環ちゃんに乗せられてハメようとしたから」

「それもあるけど」

クリスはおれの耳元に唇を当て、小さく囁いた。吐息が多めでゾクゾクする。

「私の前で、環とばっかり楽しそうにしてるんだもん」

「……全面的におれが悪かったです。反省しています」

「許さない。――後で、思い知らせてあげる」

もう怒っている気配は微塵もなかった。

慌てて顔を見れば、おれにしか分からない程度に薄く微笑んでいた。

い、いますぐベッドに行きたい……！

行きたいんだけど、そういうわけにもいかない。

……何故ならクリスの背後で環ちゃんとリアがニマニマしているから。

「さて、良い感じに話もまとまりましたし、罰ゲームと行きますか！」

「……結局、おれは何をさせられるの？」

「着替えは時間がかかるとのことでしたので、シチュボにしたいと思います！」

「……シチュボ？」

「シチュエーションボイスって奴ですよ。今回は映像なのでシチュエーションドラマですかね？」

言いながら環ちゃんはカメラを三脚から外す。カメラマンを務めるつもりらしく、わざとらしく構えながら逆の手でスマホを差し出してきた。

「台詞は考えておいたので、ポーズを取ってからお願いしますね」

「……まじ？　これ、まじで言うの……？」

「はい。本気と書いてマジと読むくらい本気です」

「時代を感じる……環ちゃん、本当に女子高生だよね？」

「何か不審な点でも？」

「おそらく最近の女子高生は本気と書いてもマジとは読まないんじゃないかな……」

「シチュボ、いくつでも追加しますよ？　三桁単位で増やせますからね？」

「さ、さぁやろうか！」

ただでさえアレな台詞がてんこ盛りなのだ。これ以上増えたら本当におれのメンタルが再起不能になってしまう。

逃げられる可能性はほとんどないので、追加されたり、これ以上酷くなったりする前にさっさと消化してしまうに限る。

「はい、それじゃあ台詞の一番をお願いします。あ、脚はここで。そう、そういう感じです」

蓋を閉めた段ボールを踏みつけるような姿勢になって、指示通りのドヤ顔を作る。

ぱんつが見えちゃうんじゃないかってくらいローアングルからカメラを構える環ちゃん――ではなくカメラの方を見下し、準備完了だ。

「ざぁーこ、ざぁーこ。ぽ、ぽんこつなあまねちゃんに踏まれて恥ずかしくないのー？」

……いや、これどういうシチュエーションなんだ……？

分かるような気もするけど分かりたくない。そもそもコレ、罰ゲームというよりも環ちゃんの趣味では……？

こんなんで良いのか、と不安を隠しながらコメント欄を覗けば、酷いことになっていた。

**『健全健全健全健全健全健全健全健全』『ざこでごめんなさい』『はじゅかちいでしゅ』『しかられ**

た』『おみみしあわせ』『おめめしあわせ』『しゅき』『これははかどる』『おれっ娘の新解釈』『理解らせ完堕ちまで脳内で進んだ』『きゃわわ』

予想外というか予想通りというか。

本当にこれで良いのかこいつら。いや、喜んでくれるなら良いけどさ。

「さぁあまねさん。次いきますよ次！」

続いておれはペタンと床に座る。正座の状態で両足を外側に向けた、いわゆる女の子座りだ。股関節の形が違うせいで、男には絶対にできない座り方である。

「お持ちしましたわ、おねえさま」

「ありがと……なんでこんなのが家にあるんだろ」

「いざという時のためです！」

環ちゃんが買い置きしていたのはチューブ入りのコンデンスミルク。いわゆる練乳である。

未開封のそれを開けると手のひらに出して、それを舐めとる。

「いっぱい出ちゃったね……美味しい」

「エクセレント！　エクセレントですっ！」

甘くて美味しいのは間違いないけど、わざわざ手に出す辺りあざといよなぁ。

何よりちょっと舐めた程度ではベタベタが取れない。

「うへぇ……べたべたする」

「ッ！」

おれが顔をしかめると、なぜか環ちゃんは首が取れるんじゃないかってくらい頷いていた。

「環ちゃん？　どうしたの？」

「あまねさんがあまりにも理解っていたので、つい……！　私が考えた台詞なんて、素のあまねさんが今見せてくださったものに比べればカスです！」

「あー……いや、うーん……」

どう考えてもがっつり狙ったあの台詞を手放しで褒めることはできないけれど、今のがそんなに良かったのか……？

って、アレか。『べたべたする』が刺さったのか。

このくらいで良いなら余裕だぞ。

「……喉に引っかかって気持ち悪いよ。ねぇねぇ。あまね、何をごっくんしたの？」

調子に乗ったおれがアドリブで台詞を追加したところ、環ちゃんが盛大に噴き出していた。

本当にびっくりして噴き出す時ってブッフォォ！　みたいな音が出るんだね。

『エッッッッッッッッッッ』『切り抜き不可避』『【￥50000】これでうがい薬を買ってください』『おさわりまんこっちです』『おさわりマンを召喚すんなよｗｗｗ』『おまわりさん僕です』『血流が良くなる……主に下半身の』『ここだけ無限ループするわ』『音声に合わせてイラスト描くわ』『じゃあ俺はゲームを』『私は映画つくるわね』『全　米　号　泣　！』

テンション高すぎというか、ちょっと頭がパーになってる気もするけどコメント欄は大盛況なのできっとこれで良いんだろう。

「あまねさん、何だかんだでサービス精神旺盛ですよね」

「せっかく配信観に来てくれてるし。喜んでくれたなら何よりだよ」

普段からはやらないけどね。

これで環ちゃんが用意した罰ゲームの台詞は残り一つである。

と言っても、この最後の一つが本当に嫌なんだけども。

ぺたんと座ったポーズのまま、人差し指を下唇につけて上目遣いにカメラを見つめる。

「あまね、登録者が少なくて寂しいの……あなたのお友達にも紹介してほしいなぁ」

そしてトドメの一言。

「い〜っぱい登録者が増えたら、あまね、みんなのお願い聞いちゃうかも」

ウインクを一つ。

もうあざといとかそういうレベルじゃない。ガチ恋営業より酷い何かである。

『友達に片っ端から宣伝するわ』『友達いないんだが』『職場の人間にアピールしてくる』『母ちゃんに紹介したった』『親に紹介できるのは強すぎないか……?』『娘と観てます』『紹介できる人間いないンゴ』

いや、何か、その……申し訳なさがすごい。

「え、えっと……無理はしないでね？」

『頑張る』『期待してて』『親族を全員入信させるわ』『部下にチャンネル登録を義務付けるわ』『あ、兄貴に……』『ふ、複数アカウントで……』『スマホとパソコンで登録するわ！』

何で止めたのに奮い立ってるんだよ!?

「そもそも複数アカウントは違うだろ!?」

「そうですよ！　大切なのは多くの人があまねさんのぽん――魅力を知ることです！」

「それも違うよ！　っていうか今ぽんこつって言おうとして誤魔化したでしょ!?」

「環、誤魔化さないで。あまねはぽんこつ」

「クリス!?　フォローしてよ！」

待って。何で環ちゃんもリアも顔を背けているの!?

「視聴者さんたちも！　何で皆してクリスと環ちゃんに賛同してるのさ！」

「分からない？」

「本当に分からないの？」

「えっと、その、」

「……ごめんなさい分かります」

クリスの視線が怖いよう。

「さて、あまねさんの恥ずかし――ぷぷっ、素敵なシチュエーションボイスも撮影できたことですし、今日はこの辺にしておきますか！」

「悪意！　悪意が酷い！」

「やだなぁ、愛ですよ愛……ってクリスさん睨まないで！　怖いですから！」

「私の」

……ん？

私のって、どういう意味だ……？

引っかかったけれどおれが問いかけるまでもなく環ちゃんが流してしまった。

「分かってますって！　はい、それじゃああまねさん。クロージングお願いします」

「お、おう。それじゃあ皆、また次の配信で！　おつキュバス！」

皆で手を振って配信停止のボタンをぽちり。

ちょっと雑談配信をするだけの予定だったのに、何かすごい大変だった。爆破野郎も結構長時間プレイしてたから肩や首がバキバキだ。

「ふぃ〜……疲れた。ちょっとお風呂入ろっかな」

「良いですね！　……あっ、いえ、私は遠慮しますけど」

「はい。私もベッドでおねえさま方をお待ちしていますわ」

「アレ、ふたりとも一緒に入らないなんて珍しい……って、おねえさま方？」

おれの問いに答えるまでもなく、クリスがおれを持ち上げた。小脇に抱えられ、そのまま持ち上げられてしまう。

「言ったでしょ。私のって」

「エッ……アッ！　あれってそういう!?」

「嫌？」

「……全然嫌じゃないです」

嫌じゃないけど荷物みたいに抱えられるのはちょっと微妙だ。

なお、お風呂でしっかり仲直りしたものの、風呂上りにベッドまで運ばれて食べ放題に処されました。

「マットレス、買い替えた方がいいかしら」

「まったく、これだからあまねさんは……」

「待ってくださいまし。あまねおねえさまは精一杯頑張りました。これ以上やると仰るならリアが身代わりになります……♡」

皆して好き勝手言いまくるけど、言い返す気力すらない。っていうかリアは自分がいじめられたいだけだろ。

とりあえずマットレスは不可抗力だし、おれは何度ももう駄目って伝えた。

なのでおれは悪くない……はずだ。

ぐすん。

後日、環ちゃんに仕返しをしようとドッキリ系の企画を仕掛けたんだけど、あっさり看破された挙句に逆ドッキリを仕掛けられて完全敗北を喫することになるんだけど、それはまた別のお話。

〈番外配信・おしまい〉

# あとがき

はじめまして、吉武止少《よしたけあるく》と申します。

この度は本作を手に取っていただきありがとうございます。あまねたちの異世界配信はお楽しみいただけましたでしょうか。

ご存じの方もいらっしゃると思いますが、本作は小説投稿サイト「小説家になろう」様にて開催された「第4回キネティックノベルス大賞」で佳作を受賞した作品です。

当時の自分は本になるとは思っておらず、どうやったら可愛く、かっこよく、面白く書けるか妄想し続けていました。頭の中では年がら年中あまね達が大騒ぎしており「おれがスタイリッシュに活躍できるエピソードは!?」とか「いやいやもっとあまねさんをいじめましょうよ！」とかって意見が飛び交っていました。誰の意見かは割愛しますが自己主張強ぇ。

受賞を聞いて小躍りしたり、書籍化作業で頭が破裂しそうになったり、途中で異世界に召喚されて魔王を討伐したりと色々なことがありましたが、なんとか発売まで漕ぎ付けることができました。

ちなみになんですが、WEBからお付き合いいただいている方たちにも楽しんでもらえると思います。何せコレ、一から書き直していて実質別の話ですから。本文とストーリーはまったくの新規で、設定にも変更があります。さらには、うさみみなあの子とか博多弁のあの子がでてきてない！

みたいな差異もあるんですよね。楽しみにしてくださっていた方はすみません……。

ほ、ほら！　続き！　続巻すれば次はきっと出て来るから!!　だから買って!!

家族親戚友達ライバルご近所さん先輩後輩道ですれ違った知らない人にも布教をお願いします!!

飾るために二冊目、三冊目という手もあると思いますよ!!　あまねへの投げ銭《スパチャ》として箱買いとか如何でしょうか。（ダイレクトマーケティング）

学校や職場に飾れば自分の癖《へき》を周知させることもできますし、家族や友達とも話が弾むはずです。恥ずかしがらずに「TSロリサキュバスの健全な配信活動だよ」と紹介してください。きっと色んな意味で盛り上がりますよ！　色んな意味で！　※自己責任でお願いします。

とまぁ四方山話《よもやまばなし》はこのくらいにして内容について少しだけ触れます。

本作にはいわゆる「神が認めた存在」としての勇者はいません。世界が定めた仇敵としての「魔王」もいませんし、クリスは国に任命されただけです。そんな世界で、「誰が一番勇者だったんだろうか」ということで。勇者の定義なんかも考えてみてもらえると幸いです。

筆末ながら、本作出版に関わってくださった多くの方々、本作を手に取ってくださった読者の皆様にこの場を借りてお礼を申し上げます。本当にありがとうございました。

それではまた次巻でお会いできることを願っております。

二〇二四年八月　急な雨で蒸し暑い夜

吉武止少　拝

Kinetic Novels

キネティックノベルス

# TSロリサキュバスの健《けん》全《ぜん》配《はい》信《しん》活《かつ》動《どう》!

2024年 10月30日 初版第1刷 発行

■著　　者　吉武止少
■イラスト　たん旦

発行人：天雲玄樹（ビジュアルアーツ）
編集人：豊泉香城（ビジュアルアーツ）
企　画：キネティックノベル大賞
編　集：太田祥暉
　　　　黛宏和（パラダイム）

発行元：株式会社ビジュアルアーツ
〒556-0011
大阪府大阪市浪速区難波中2丁目10番70号
パークスタワー17階
TEL 06-6567-9252

発売元：株式会社パラダイム
〒166-0004
東京都杉並区阿佐谷南1-36-4 三幸ビル4A
TEL 03-5306-6921

印刷所：中央精版印刷株式会社



ISBN978-4-8015-2508-5　Kinetic Novels 008

シリーズ既刊案内
ホーリーアンデッド
～非モテでぼっちの死霊術士が聖女に転生してお友達を増やします～
著：ばーど
画：刃天
元アンデッドコレクターのちょっとズレた物語！
ああ……有頂天《エクスタシィ》ですわ

主従そろって出稼ぎライフ！

Master And Servant Working Together Away From Home!

オーガの坊ちゃんと、有能サキュバスメイドが、危険の多い人間界でダンジョン経営！

本施設内は英雄勇者をお断り！

…します。

著：吐息
画：LLLthika

KN
Kinetic Novels
好評発売中
空想力学少女とぼくの中二病
~転校初日にキスした美少女は、アオハル大好きな人魚姫でした~
想い出を集める自称人魚姫とのひと夏の冒険!
「ぱんぱかぱーん! ふっかーつ! 私、ふっかーつ!」
著:雪車町地蔵
画:さとみよしたか

夢は大物ハンティング! 収納スキルの意外な戦闘法は!?
著:森たん
画:もりのみのり
どんな巨獣も俺が狩る!!
【収納空間《ITEM BOX》】を極める男
~俺はモンスターを狩りたいだけなのにぃ!~

戦うヒロインを支える料理が、愛情たっぷりで待っている!
著:サンボン
画:濱田麻里
最強ピンク! オトメの敵を瞬殺無双!
戦隊ヒロインのこよみさんは、いつもごはんを邪魔される!